AF359429

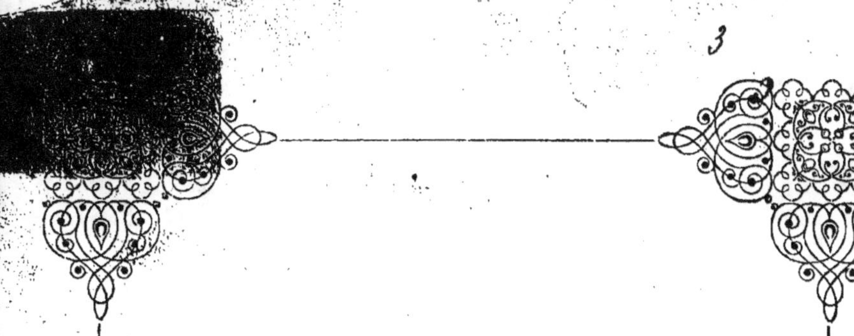

ANDRÉ BOUCHON.

NOUVELLE,

par

Emile B. DE LA CHAVIGNERIE,

Du Comité central des Artistes.

PITHIVIERS,

IMPRIMERIE DE CHENU, RUE DE LA RIBELLERIE.

—

1852.

ANDRÉ BOUCHON.

NOUVELLE,

par

Emile B. DE LA CHAVIGNERIE,

Du Comité central des Artistes.

PITHIVIERS,

IMPRIMERIE DE CHENU, RUE DE LA RIBELLERIE.

1852.

ANDRÉ BOUCHON.

———◦◦———

Un jour, je venais de monter dans le coupé d'une diligence qui devait m'emporter vers Toulouse ; j'y trouvai un voyageur blotti dans un coin et qui suivait la même direction.

Nous avions à peine franchi les fortifications qui entourent la ville de Paris, que mon voisin, qui ne m'avait pas encore adressé la parole, me dit : « Monsieur, la fumée du cigarre vous incommode-t-elle ? » — Pour toute réponse je sortis de ma poche une pipe dont les nuances fortement accentuées se chargeaient suffisamment de prouver quelles étaient mes habitudes.

Nous devisâmes, et nous fumâmes assez longtemps; mais la nuit était venue ; « peut-être avez-vous l'habitude de dormir en voiture, objecta mon compagnon de voyage ? »

— Pas le moins du monde , répliquai-je.

— Fort bien alors ; eh bien ! si vous le permettez , je vous raconterai , pour abréger la longueur de la route, une histoire qui , je l'espère , vous intéressera.

— Bien volontiers , repris-je alors. Et c'est cette histoire qu'à mon tour , lecteurs , je vais vous répéter.

Mon interlocuteur commença ainsi :

Je demeurais à Paris , rue de Charenton ; retenu près de ma fenêtre par mes occupations , j'eus bientôt distingué de la foule et *connu de vue* certains personnages que j'appellerai *périodiques*.

C'est ainsi que j'avais remarqué une petite blonde à l'œil lutin , dont un jeune clerc , entre onze heures et midi , attendait chaque jour la venue ; — un facteur , cet homme qui distribue les émotions ; ... une vieille rentière à la mise excentrique et surannée, en compagnie de son griffon ; mille autres enfin , dont le passage fréquent , régulier même pour quelques-uns, tout en me distrayant , pouvait me tenir lieu d'horlorge.

Une dame au manchon blanc, avec sa fille, m'annonçait l'heure du déjeûner ; un gros monsieur à lunettes vertes, qu'il était deux heures.

A part moi, je baptisais ces messieurs et ces dames, forgeant sur le compte de chacun les suppositions que me suggéraient leur maintien, leur mise, leur physionomie.

Mon esprit accompagnait madame *Déjeuner* dans un riche pensionnat, et monsieur *Deux-Heures* dans un cabinet de lecture ou dans une promenade au jardin des plantes.

J'avais mes affections, mes antipathies et mes indifférences.

Grâce à mon observatoire, j'étais heureux dans ma solitude.

Je philosophais avec bonheur, me séparant, par la pensée, du reste du genre humain, tranquillement plongé dans mon fauteuil, j'assistais au grand drame de la vie, essayant de connaître les hommes qui en sont les acteurs au moyen de la lecture d'ouvrages choisis, ma société habituelle.

Un jour, — c'était le *Mardi-Gras*, — j'avais ouvert ma croisée, et je fumais ma pipe tout en regardant les passants et en laissant *flâner mon esprit*. Le son rauque d'une trompe et des cris m'annoncèrent que des masques, égarés sans doute, passaient dans notre quartier, au préjudice des boulevarts.

Voici quelle était la cause de tout ce tapage : Des Espagnols, des Pierrots, des Turcs, des Marquis, des Paillasses, s'avançaient bras dessus bras dessous, escortés peut-être de cent cinquante personnes......

C'était cette foule composée d'hommes, de femmes, de gamins, de militaires, qu'il fallait voir.

Courez donc, bousculez vous donc, me disais-je, curieux que vous êtes, et pour voir quoi ? je vous le demande..... des hommes aussi fous que vous l'êtes vous-mêmes, qui les suivez : si vous êtes si avides de l'extraordinaire, que ne commencez-vous par jeter un regard sur votre propre personne ; car enfin qu'êtes-vous, vous qui entendez, voyez, parlez ?.... vous qui avez la faculté de vous transporter d'un lieu dans un autre ? vous vivez par habitude ; la vie vous semble une chose bien ordinaire, un état qui doit durer éternellement.......... Réfléchir sur le phénomène de l'existence, à quoi bon, dites-vous ?

Après ce beau monologue, je considérais avec étonnement cette foule de grands enfants comme si c'était la première fois que je visse des hommes. Je me palpais moi-même pour être bien certain que j'étais éveillé ; volontiers je me serais regardé dans un miroir ; puis, me rappelant le grand *peut-être* de Rabelais, je me disais : un homme, d'où sort-il ? où retourne t-il ? En voulant s'élever trop haut, mes pensées se brisaient.

> Tel cet insecte ailé, ce joujou de l'enfance,
> Qui, prenant pour le ciel la vitre transparente,
> Fond, se heurte, et bientôt étourdi par le choc,
> Vacille quelque temps... et tombe comme... un bloc.

Que ne m'est-il donné de pouvoir lire dans le cœur de chacun de ces individus, et de tous ceux qui journellement passent sous mes fenêtres ; de connaître leurs désirs, leurs défauts, leurs qualités, leurs pensées les plus secrètes, à l'aide de toutes ces observations, que de rapprochements à établir , de règles à poser et qui faciliteraient l'étude du cœur humain.

Est-il une étude plus intéressante , en effet , que celle de nous-mêmes et de nos semblables ? l'homme observateur trouve partout de l'occupation , de l'inté- rêt et un sujet de s'instruire ; ses chagrins personnels, aussi bien que ses joies lui profitent ; dans un salon comme dans un cabaret, il étudie : à la promenade comme au théâtre , en fréquentant le malheureux, le riche , l'ignorant même,... chaque heure de la vie ajoute à son expérience ; il se contente à peu de frais ; sa conscience est calme , le fonds commun est son do- maine , insaisissable et inépuisable.

J'en étais-là de mes pensées , quand apparut un pe- tit homme coiffé d'un castor blanc , vêtu d'une redin- gote verte , d'un pantalon gris de fer , qui descendait le trottoir, longeant les maisons , comme si ce vacarme et cette joie générale l'eussent effrayé.

C'était un de mes abonnés , inscrit sur mon réper- toire sous le nom de *Misanthrope au Castor blanc* ; la tristesse qui était toujours empreinte sur son visage, son maintien humble , et son habitude de passer seul, m'avaient déterminé à le nommer ainsi.

Il me parut plus sombre encore que de coutume.

Je le vis s'arrêter sous une porte cochère , et suivre du regard le cortége que j'ai dépeint plus haut.

Que faisait-il ? où allait-il ? c'était ma question de

chaque jour, quand, à quatre heures bien précises, notre monsieur se montrait.

Depuis longtemps déjà, ma curiosité était excitée par ce sujet impénétrable.

J'avais remarqué plus d'une personne, qui, en passant près de lui, se détournait pour le mieux observer, et, dans le fait, il portait le cachet du mystère.

Je m'étais demandé bien des fois comment j'arriverais à connaître particulièrement cet individu, afin d'entendre sortir de sa bouche le récit des aventures que je lui supposais, et afin d'être initié à ses habitudes *internes et externes*.

On jugera par l'aveu que je viens de faire, que je suis passablement curieux, et que je me serais parfaitement accommodé de l'amitié de maître Asmodée.

C'était donc le Mardi-Gras ; le temps était magnifique, je descendis de chez moi, songeant toujours au moyen de devenir le confident de mon inconnu ; je l'aperçus immobile encore sous son portique. J'eus bientôt franchi la distance qui nous séparait, je pus distinguer une figure pâle, des yeux caves, et des cheveux blanchis avant l'âge, conséquences nécessaires d'une maladie aiguë ou de violents chagrins. Avec son lent et mélancolique regard cet homme paraissait inoffensif ; ses yeux rencontrèrent les miens ; il baissa la tête et se remit en marche.

Je le suivais machinalement ; il m'avait déjà re-

morqué jusque sur la place de la Bastille , quand
tout-à coup il me vint une idée.

La voici :

Aujourd'hui le Mardi-Gras , tout est permis ; c'est
un jour de folie, je veux aussi faire la mienne,
et me distraire, en m'attachant au pas de mon misanthrope , comme à ceux d'une jolie femme ; peut-
être souleverai-je le voile qui jusqu'à ce jour a rendu
vaines toutes mes suppositions.

Cette résolution prise, nous continuâmes à marcher,
lui devant , moi derrière.

Il s'arrêta à l'entrée du boulevart Beaumarchais,
en face d'une petite maison peinte en rouge , portant
cette enseigne :

A LA COUPE D'OR ;

avec ces mots écrits en lettres blanches , sur les vitres :

JULIEN , SUCCESSEUR DE SON PÈRE , PREND DES
PENSIONNAIRES.

Il monta un petit perron et disparut. J'en conclus
qu'il dînait là , et je restai seul sur le boulevart , me
demandant ce qui me restait à faire.

Eh ! pardieu , à dîner aussi à la Coupe-d'Or.
Je poussai donc la porte, et, en cédant devant moi ,
elle fit tinter une petite sonnette.

Une bonne grosse mère , de quarante ans , rayon-
nante de santé et d'embonpoint , vint demander ce
qu'il y avait pour le service de Monsieur.

C'était madame Julien.

— Madame , lui demandai-je , ne tenez-vous pas une table d'hôtes ?

— Monsieur , je n'ai que des habitués.

— Mais enfin , répliquai-je , vos habitués refuseraient-ils de recevoir, pour une fois en passant, un étranger parmi eux ?

— Si monsieur veut bien attendre ici quelques instants, je vais m'en informer.

Cette femme avait jeté sur moi un regard tout particulier ; elle cherchait, je suppose , à démêler si j'étais un chevalier d'industrie ou bien un jeune téméraire épris de ses charmes.

J'examinais avec philosophie et résignation la pièce où l'on me faisait faire antichambre, quand un rideau s'entr'ouvrit ; le profil de mon inconnu venait d'apparaître derrière les vitres ; le rideau retomba presqu'aussitôt ; on chuchottait ; j'étais évidemment sur le tapis ; l'hôtesse revint ; puis me dit avec une certaine dignité : — Monsieur veut-il prendre la peine de passer dans la salle à manger.

Je passai donc dans la salle à manger ; un chétif quinquet l'éclairait , et une fumée odoriférante provenant de la cuisine montait à la gorge ; une table de dix couverts était dressée au milieu de l'appartement ; quelques taches de vin et de sauce émaillaient la nappe ; le début n'était pas rassurant et je commençais à me repentir de mon accès de curiosité.

— Je vous laisse avec M. Bouchon , objecta madame
Julien , et vais m'occuper de vous faire bientôt
dîner.

Je savais déjà le nom de mon inconnu.

Je l'abordai poliment , sans savoir au juste le rôle
qu'il jouait dans la maison ; je le remerciai d'avoir
bien voulu m'agréer à sa table ; puis nous commen-
çâmes une de ces conversations dont la pluie et le
beau temps auraient fourni tous les éléments, si les
folies du Mardi-Gras ne nous eussent fort à propos
présenté un texte.

Je vous ferai grâce, n'est-ce pas , de ce dialogue
insignifiant ? j'anticiperai plutôt sur l'avenir , pour
vous parler un peu de ce M. Bouchon qui m'avait
si fort intrigué jusqu'à ce jour.

M. Bouchon était depuis douze ans pensionnaire de la
Coupe-d'Or ; il avait vu, durant cet intervalle , le
personnel consommant se renouveler bien des fois ; lui
seul avait impunément traversé toutes ces révolutions
opérées par le temps , les circonstances et les différentes
destinées de la vie. Vous pensez bien qu'il jouissait
aussi dans l'établissement d'une haute considération.
Cet homme faisait peu d'*extra* , mais il payait toujours comptant; jamais il ne s'était trouvé d'une heure
en retard pour solder chaque mois le montant de sa
dépense; il était le président né de la table ; servait ,
maintenait l'ordre , et soutenait les intérêts de la maison avec un zèle d'actionnaire. Son caractère réservé ,
sa grande loyauté, l'absence de toute prétention le
faisaient chérir de chacun ; ses commensaux , ouvriers

pour la plupart, le choisissaient ordinairement pour arbitre dans leurs discussions ; ils avaient une entière confiance dans son bon sens qui lui tenait lieu d'instruction.

Froid et peu communicatif du reste , cet homme apportait dans sa conduite une minutie , une régularité qui frisait la manie.

*

Ainsi , une fois entré dans la salle à manger , presque toujours le premier , aux heures fixées pour les repas , il commençait par suspendre sa canne et son chapeau invariablement à la même patère ; si, par hazard , la patère privilégiée était déjà occupée, le front de M. Bouchon se chargeait de rides, et son humeur noire , suivant sa propre expression, ne tardait pas à succéder à ce symptôme précurseur ; puis il faisait le tour de la table , passait le couvert en revue , mettait une salière ici , un morceau de pain là , reculait une assiette à droite , une bouteille à gauche...... enfin , il devait exister une certaine symétrie rigoureusement arrêtée dans son imagination (où l'imagination va-t-elle se nicher) ? et dont la petite Marianne, jeune fille de quatorze ans , l'hébé de céans , ne s'écartait jamais impunément.

Cette petite était le huitième et dernier enfant d'une pauvre famille alsacienne ; sa gentillesse , son inexpérience , son caractère ingénu , et surtout le peu d'intérêt que madame Julien semblait lui porter , la laissait exposée à bien des séductions et des dangers dans la compagnie ordinaire d'hommes jeunes et sans retenue dans leurs propos et leurs manières. Heureusement notre tranquille rentier était là , qui la couvrait de sa morale et de sa sollicitude , comme d'une égide. S'il ne lui passait rien pour son service , il s'opposait aussi à ce qu'on abusât de sa position si digne de pitié, ceux qui y sont insensibles étant plus nombreux que ceux qui la respectent.

Huit pensionnaires étaient successivement arrivés , et je devins l'objet de leur attention et de leurs remarques. Heureusement pour moi , l'honorable président me fit asseoir à sa droite , attacha sa serviette sous son menton et frappa sur son verre.

Le potage parut; les assiettes circulèrent ; les parleurs se turent , et le cliquetis des cuillers commença.

A défaut d'instruction , ces jeunes gens possédaient cette insouciance , cette gaîté et cet esprit naturel , que toujours on aime à rencontrer. Que de traits charmants, de mots heureux...... pendant ce repas! des expressions très-neuves , il est vrai, que l'académie n'adopterait pas , mais qui peignent avec énergie , furent aussi prononcées; bref, je vous le confesserai , ce dîner sans gêne me plut infiniment, je portais envie à ces hommes dont il semblait si facile de satisfaire les désirs , et qui , sans avoir étudié, sans même le supposer , possédaient un fonds de philosophie-pratique si réel !

Depuis trois jours, ils n'avaient point paru à leur *besogne* respective; ils s'entretenaient des plaisirs de la veille et de l'avant-veille ; la joie , le liquide, peut-être aussi la présence d'un étranger à leur table , les mettaient en verve, ils rivalisaient de gaîté et d'à-propos ; quels projets ils formaient pour le soir qui devait mettre un terme à leurs bacchanales ! leur seul désespoir était de ne pouvoir parvenir à entraîner avec eux le sévère M. Bouchon ; il semblait que leur bonheur serait à son comble s'ils parvenaient à le sortir de son apathie ; car, dans cette classe, où le cœur parle seul, ils voudraient que leur joie s'étendît jusqu'à tous. Une pensée triste me vint, en présence de cette incurie du lendemain : je prévoyais que des mois de gêne et d'un travail opiniâtre succéderaient peut-être à ces moments de folie, et que la misère, l'isolement et l'hôpital deviendraient sans doute le partage de plus d'un de mes convives de la Coupe-d'Or.

J'en étais là de mes réflexions, quand M. Bouchon adressa ces paroles à un jeune ouvrier mécanicien :

— Adolphe, laissez donc Marianne faire son service !

Il est vrai de dire qu'il paraissait fort épris de la petite alsacienne, et qu'il ne laissait échapper aucune occasion de témoigner à la jeune fille ses sentiments de tendresse, auxquels du reste elle ne se montrait point indifférente.

Il faut ajouter que M. Adolphe était un joli brun, aux yeux vifs, au teint frais, un beau parleur cravaté à la Colin, aux manières dégourdies, bien pincé dans une redingote de velours des plus coquettes ; une moustache noire abritait ses lèvres et faisait ressortir la blancheur de ses dents parfaitement régulières ; c'était, sans contredit, sous bien des rapports, le plus accompli de tous les habitués.

Je payai ma bienvenue avec six bouteilles de Bordeaux auxquelles on fit honneur ; chacun y mit tellement du sien , qu'au dessert , — et c'est ici le revers de la médaille , — la compagnie devint beaucoup moins attrayante ; le tapage, les chants ou plutôt les cris , les querelles remplacèrent les bons mots et les romances; on n'aurait pas cru se divertir en conservant sa raison: c'est un malheur, mais c'est l'usage.

Je demandai l'addition , effrayé de tout ce vacarme; je vis le moment où l'un de ces messieurs allait me casser la tête pour me prouver que je devais laisser à sa charge et à celle de ses amis mon dîner et mes *extra*.

L'argument était péremptoire; aussi pour éviter toutes suites fâcheuses , j'adhérai en apparence aux offres qui m'avaient été faites avec une éloquence si originale et si nouvelle ; je n'en fis pas moins mon compte en cachette avec madame Julien , convaincu d'avance que lorsque le mercredi des Cendres aurait dissipé certaines vapeurs , mes hôtes généreux me sauraient gré de mon procédé.

Pendant que toutes ces choses s'accomplissaient , un personnage était survenu portant des cartes et un bol, de vin chaud sur un vaste plateau chargé de verres.... une manière de chef, avec une intention de veste blanche, et une toque qui couronnait à ravir une grosse figure joufflue , couleur pourpre , limitée par un épais collier; c'était M. Julien , le maître de l'établissement, a l'administration duquel il ne contribuait que jusqu'à concurrence de son nom et de son infatigable consommation.

Le récit de mon voisin fut interrompu par l'arrivée du conducteur de la diligence qui ouvrit violemment la portière du coupé et nous interpella en ces termes :

— Messieurs les voyageurs désirent-ils prendre quelque chose? nous arrêtons une demi-heure ici ; on est bien servi à l'hôtel de la Cloche. Nous descendîmes bien résolus à faire honneur au repas de l'hôtelier de la Cloche et avec l'espérance que notre dessert ne serait pas aussi tumultueux que celui des habitués de la Coupe-d'Or.

Après avoir fait un assez maigre repas à l'hôtel de la Cloche, nous remontâmes dans notre compartiment et je priai mon voisin de vouloir bien continuer son récit.

— Je ne demande pas mieux, me répondit-il ; puis, ayant allumé un cigarre il reprit ainsi :

La venue du père Julien fut accueillie par un houra général et les cris de vive le bourgeois ! vive le père Julien !

Une partie s'était organisée ; je poussai le coude à M. Bouchon ; il comprit mon intention, nous nous esquivâmes, et il n'était que temps, car, arrivés sur le boulevart, nous entendîmes les voix de ces furieux, qui, indignés de notre retraite, nous réclamaient hautement avec des épithètes que je m'abstiendrai de reproduire.

Nous voici donc sur le boulevart Beaumarchais, M. Bouchon et moi ; nous respirons : le ciel est parsemé d'étoiles, partout le gaz étincelle, le monde circule, les voitures roulent.

Le premier, je rompis notre silence par ces mots :
— Nous sommes heureux d'en être quittes à si bon compte. Oh! c'est souvent le Mardi-Gras chez nous, répliqua M. Bouchon ; je suis habitué aux manières de ces
messieurs ; seulement , je suis fâché que, pour votre
première visite , le repas soit devenu aussi bruyant.

Notre conversation continua sur ce ton et mon interlocuteur conserva toujours son air impassible, ne s'émou-
vant pas plus dans un moment que dans l'autre ; tout
en causant, nous étions parvenus sur le boulevart du
Temple (1).

Grande clarté, grand bruit...... marchands d'oranges,
d'entr'actes, de gâteaux , de marrons , s'époumonnent ;
les badeaux stationnent devant un escamoteur et un
chanteur en plein vent ; les sergents de ville et les
gardes municipaux sont échelonnés depuis le cirque
jusqu'au petit Lazarri ; ce soir là , on fait queue à tous
les théâtres.

— Ici, dis-je à M. Bouchon , il n'y a que l'embarras
du choix... mais, d'abord , aimez-vous le spectacle ?

— Fort peu , monsieur.

— Alors , vous n'avez sans doute pas vu jouer Debureau , l'artiste des Funambules ?

---

(1) La seule promenade qu'a du prix,
    La seule où j'm'amuse. où je ris,
    La seule dont je suis épris,
    C'est l'boul'vart du Temple à Paris.
          (Chanson populaire).

3

— Non, monsieur, jamais.

— Eh ! bien, n'est-ce pas aujourd'hui le Mardi-Gras? retenons une loge au théâtre des Funambules ; nous y passerons une soirée, je vous le certifie, doublement agréable; car si les acteurs vous divertissent sur la scène, vous verrez, durant les entr'actes, ce dont les spectacteurs sont susceptibles.

— Je ne demande pas mieux, répartit M. Bouchon.

J'avais définitivement mis la main sur un commensal de très-bonne composition, il s'arrangeait de tout ce qu'on lui proposait ; mon dîner à la Coupe-d'Or, à part l'incident du dessert, m'avait très-fort intéressé; ma soirée aux Funambules me fournissait l'occasion d'une nouvelle étude de mœurs; une seule pensée troublait ma satisfaction ; je craignais, que la modique dépense d'une loge aux Funambules....., et encore répartie entre deux ! ne fut cependant onéreuse pour mon complaisant compagnon, et que retenu par la timidité ou par un certain sentiment d'amour-propre, il n'osât pas m'en faire l'aveu, car après tout, je ne connaissais pas ses ressources, et d'un autre côté je craignais de lui faire affront comme à nos habitués de la Coupe-d'Or, en lui proposant de tout prendre sur mon compte.

Depuis trois heures que je me trouvais avec M. Bouchon, je l'avais bien étudié ; j'avais remarqué sur son visage les traces incontestables d'un violent chagrin, et d'après l'ensemble de sa conversation je l'attribuais uniquement à quelques revers de commerce; mais, du reste, je ne lui trouvais plus rien d'extraordinaire et je commençais à craindre que mes espérances à son sujet ne

fussent vaines ; le mystère dont je l'avais enveloppé
pouvait être , après tout entièrement, chimérique ; en le
suivant, il me semblait par conséquent n'avoir obtenu
que mon admission à la table de M. Julien et un
maintien dans une loge de théâtre du boulevart.

Nous voici cependant, M. Bouchon et moi , dans une
petite loge de côté ; le spectacle est commencé; nous
ne tardons pas à voir arriver ce grand mime, sec et
blanc (1), qui , sans le secours de la parole , a trouvé le
moyen de si bien se faire comprendre d'un public qui
l'accueille chaque soir avec le même plaisir ; on peut
bien dire qu'il a créé son genre ; M. Bouchon le regarde
avec étonnement.

— Ah ! c'est là le fameux Debureau ! quel singulier
effet produisent ses petits yeux sur sa figure blanchie !
quelle expression significative et comique tout à la fois
dans ses gestes ! quel naturel dans l'exécution!

---

(1) Debureau, le célèbre pierrot des Funambules, dont il
est ici question, est mort à Paris dans la nuit du 17 au 18
juin 1846.— Cet intelligent pantomimiste, si remarquable dans
le *marchand d'habits*, *le bœuf enragé*, *les infortunes*, fut
enterré à l'église Sainte-Elisabeth du Temple. — Albert, Saint-
Ernest, Antony, Bereaud, Serre, Montigny, Gallois, Auriol,
Francisque, Jeune, étaient venus pour accompagner jusqu'à
sa dernière demeure l'artiste éminent dans son genre et l'honnête homme, dont notre grand critique Jules Janin n'a pas
dédaigné de se faire l'historiographe. M. Théophile Gauthier
s'est chargé de nous dire , avec son esprit ordinaire, la vie de
Debureau, fils, qui , à l'heure où nous écrivons ces lignes,
est, sous tous les rapports, le digne continuateur de son père,
à l'ancien théâtre de Mme Saqui.

— Certainement, lui dis-je, cet homme à qui l'on reproche d'être toujours le même, mérite cependant sa réputation ; il a un cachet à lui, inimitable...; ce sont ces pièces, ces parades qui amusaient nos pères. Quand Arlequin, Colombine, Cassandre et les autres personnages de rigueur dans ces pantomimes intervinrent M. Bouchon se prit à rire, mais comme quelqu'un chez qui le rire est inusité et douloureux ; sa poitrine semblait se dilater avec difficulté et son visage redevenait aussi sérieux après chaque accès qui était de courte durée.

Enfin, l'entr'acte vint, qui lui rendit un peu de calme.

— Voilà plus de quinze ans, me dit-il, que je n'ai ri d'aussi bon cœur, Dieu ! que cet homme est amusant!

— Vous trouvez? répliquai-je; il vous fait rire ; il porte peut-être la tristesse au fond du cœur.

La salle était bien bruyante, et le parterre était si fort encombré qu'on avait peine à distinguer les physionomies; on eut dit une fourmillère. Une casquette tomba du paradis ; elle fut reçue en bas avec de grandes démonstrations de joie, immédiatement relancée, puis renvoyée ; les deux antipodes jouèrent pendant quelques instants à la balle, à la grande satisfaction, vous devez bien le penser, de tous les spectateurs. Ces cris retentissaient en chœur : il l'aura, il l'aura pas... il l'aura... mais voilà tout-à-coup que notre archange décoiffé descendant aux enfers, saisit au collet l'un des imprudents joueurs de paume; une lutte s'engage... deux partis se forment ; on parle, on crie, on se bouscule , les sergents de ville interviennent, plusieurs victimes sont éliminées à grand'peine, l'orchestre entame la polka.... la toile se lève.... on crie : à bas les chapeaux... assis , assis... puis le silence se rétablit.

C'était le premier acte d'un vaudeville... je ne me rappelle pas l'intitulé de la pièce; tout ce que j'ai retenu de l'intrigue, assez banale du reste , c'est qu'un jeune homme, d'une noble famille, est épris d'une jeune paysanne, n'ayant pour elle que sa beauté et sa vertu ; le jeune gentilhomme voit longtemps ses amours contrariés ; il rencontre dans sa famille de nombreux obstacles, et ce n'est qu'au troisième et dernier acte , que, par un événément qui arrive fort à propos , le mariage de rigueur se célèbre à la satisfaction du village qui témoigne sa joie par la bouche de cinq ou six figurants et figurantes vêtus en paysans et paysannes chantant en chœur en l'honneur des nouveaux fiancés.

Le père et le fils sont seuls en scène au second acte ; le fils fait à son père intraitable l'aveu de sa passion ; il ne saurait vivre sans sa Louise : puisqu'on veut son malheur, il va se donner la mort.

Alarmé, le vieillard retient Arthur ; lui rapelle quel sang coule dans ses veines !.. ce qu'une mésalliance aurait de déshonorant pour toute la famille si pure depuis des siècles !

Une discussion chaleureuse s'engage , l'honneur, la noblesse ne consistent que dans le cœur et la vertu : — mille grands mots de ce genre produisent dans l'auditoire attendri un prodigieux effet.

Traqué dans ses derniers retranchements, l'ancien émigré porte le grand coup, il retrace à son fils tous les maux qu'il lui avait causés depuis sa naissance; les soins dont il l'avait toujours entouré; les sacrifices qu'il s'était imposés à cause de lui; les angoisses, les soucis que tant de fois il avait ressentis à son sujet... puis, trouvant son fils inflexible, le vieillard essuie une larme et sort abattu en proférant ces mots: « enfant ingrat, sur qui j'avais fondé l'appui de mes vieux jours, adieu, donc, mais au moins va porter loin de ta patrie ta faiblesse et ton déshonneur! »

Le plus grand silence régnait dans la salle et n'était interrompu que par le bruit des sanglots étouffés et celui de quelques mouchoirs qui attestaient l'émotion de plus d'une femme sensible.

Chose singulière, on se cache pour pleurer au théâtre: il semble qu'on ait honte de s'identifier avec des malheurs fictifs, tandis qu'on s'abandonne sans contrainte à un rire immodéré excité par des lazzis bien souvent saugrenus; plus d'une pleure au théâtre, qui chez elle, considère d'un œil sec une réalité bien autrement affligeante: — soit dit sans médisance.

Occupé à étudier l'effet produit par cette scène bien rendue, j'avais un peu négligé M. Bouchon et je fus bien surpris, en tournant la tête de son côté de rencontrer ses yeux pleins de larmes.

— Oh! oh! lui dis-je, mais il me semble que vous pleurez.

— Monsieur, répliqua-t-il avec émotion, ne faites

pas attention ; je ne suis point accoutumé aux fictions de la comédie , et ce que je viens d'entendre réveille d'anciennes douleurs.

Je respectai son trouble , et comme la représentation un peu accélérée à cause du Mardi-Gras touchait à sa fin , nous sortîmes pour éviter la foule. Je laissai mon adresse à M. Bouchon en lui faisant promettre de me venir voir prochainement ; — après quoi nous nous séparâmes.

Je me sentais de l'affection pour cet homme : — à quoi tiennent souvent dans la vie les liaisons !

J'avais repris ma vie accoutumée ; fidèl à mon observatoire, je poursuivais mes études terrestres ; pour la cinquième fois déjà j'avais vu passer M. Bouchon , qui, de son côté, ne s'était nullement dérangé dans son cours; les allées répétées de cet homme produisaient sur moi un effet singulier , et me ramenaient immédiatement au souvenir de notre singulière entrevue! je voyais encore ces larmes dont je brûlais de connaître la cause primitive.

Aussi attendais-je impatiemment sa visite , quand un jour ma sonnette s'agite, je vole à la porte ,... c'était lui !

Nous restâmes deux heures ensemble; sa conversation était pleine de sentiment et de bon sens ; je m'étonnais de rencontrer sous une écorce si ingrate un fonds si riche... tant il est vrai qu'on est porté malgré soi à juger sur l'apparence , et que la première impression est difficile à détruire.

Il se retira sans avoir abordé le chapitre des confidences ; toutefois, ce qu'il m'avait appris peut se résumer ainsi : « Chaque être ici-bas a ses peines , dont lui
« seul connaît la véritable portée , et qu'il est toujours
« disposé à donner comme plus fortes que celles d'au-
« trui.... Il y a dans le monde beaucoup de personnes
« curieuses , qui nous plaignent tant qu'elles ont intérêt
« à nous ménager , afin de fouiller plus à leur aise dans
« les archives de notre cœur.... et qui , ensuite , nous
« abandonnent avec indifférence, quand il n'y a plus rien
« à savoir. »

. . . .

Ces paroles de M. Bouchon , dont je me fis l'application , me refroidirent un peu à son égard.... et, de rechef , je perdis l'espoir de devenir son confident. Pendant deux mois il me fit de fréquentes visites ; un jour je le croyais tout prêt à s'ouvrir à moi , et le lendemain venait détruire toutes mes illusions.

Je finis par m'apercevoir pourtant , quand je mettais tant de ténacité à l'étudier et à lui arracher son secret, qu'il m'étudiait lui-même et qu'il s'était initié à mes habitudes et à mon caractère.

Je me hasardai à lui en faire l'observation ; il en convint ; nous en rîmes , et cédant à un mouvement d'abandon , il me répondit :

J'ai là sur le cœur, depuis bien des années déjà , un poids qui m'oppresse et que la crainte seule de trouver un dépositaire infidèle , m'a fait supporter jusqu'alors... car aujourd'hui, voyez-vous, les amis sont rares,

et pour moi surtout, qui , sans famille, sans fortune ,
sans crédit, ne peux alors inspirer d'intérêt! Du moment que j'ai des vêtements, du pain, en un mot ce
qu'on appelle le nécessaire, que voulez-vous que je
réclame? On ne mendie pas l'amitié, il faut qu'elle
vienne nous trouver; or, vous savez comme moi, toutes
les conditions que ce mot suppose! .... Avec de la prudence et de la réserve, je suis arrivé jusqu'à aujour-
d'hui, miné par des chagrins d'autant plus cuisants ,
que j'ai dû craindre de les révéler à quelqu'un.

— Je vous comprends, lui dis-je : n'étant pas étranger au malheur, j'ai appris à y compâtir. A ce titre ,
parlez. Vous me connaissez maintenant, et je suis incapable de vous donner sujet de vous repentir de la cou-
fiance que vous pourrez m'accorder ; je veux ramener
la vie dans vos yeux, la sérénité sur votre front, et le
calme dans votre cœur; parlez donc, mon pauvre monsieur Bouchon , parlez!

— N'attribuez point à la méfiance , répliqua-t-il ,
en me regardant tristement, l'hésitation que je mets à
vous faire le récit de mes infortunes, un autre sentiment
me préoccupe; le ciel vous a conduit près de moi, et j'ai
maintenant la conviction que vous m'aimez, que vous
me plaignez.... Cependant, quand mes paroles vous
auront mieux appris à me juger , si, changeant tout-à-
coup, vous alliez me repousser......, si vous alliez me
mépriser !

— Pourquoi cette pensée? elle me blesse....

— Si j'étais un monstre, un infâme !...

Ce n'est pas possible.

— Si j'avais commis un crime ?

— Quand cela serait ! Si vous vous repentez sincère-
ment, si vous avez pris la ferme résolution d'expier ce
crime pendant les jours que la Providence vous accor-
dera... n'êtes-vous pas plus que puni déjà par votre re-
mords seul, sans que vous ayez à souffrir d'une rigueur qu'aucun n'est assez parfait pour justifier? Douter
de la miséricorde de Dieu, n'est-ce pas vous rendre
plus coupable encore?... Placez donc en lui toute votre
confiance...

— Ah ! oui, mais vous le savez, il est de ces préjugés de naissance contre lesquels le raisonnement ne
peut rien, qui glacent et resserrent le cœur le plus porté à l'indulgence.

— Je ne vous comprends pas.

— Je veux dire que la société fait quelquefois peser
sur les enfants les fautes de leurs auteurs, et qu'on
peut se trouver dans la cruelle position de rougir de
son père, de le renier!...

— Celui-là est bien à plaindre assurément ; mais
quelque criminel que soit un père, ce titre sacré ne doit-
il pas faire tout oublier? chercher à le ramener lors-
qu'il est égaré, et à le réhabiliter dans l'opinion pu-
blique, voilà d'un bon fils ! autrement, lui jeter la
pierre, l'abandonner, est d'un lâche, d'un infâme...

— Oui, telles sont les règles prescrites par la nature:
mais les suit-on toujours ? hélas ! avant de tuer pour
le monde l'auteur de vos jours, avant de flétrir à ja-

mais l'avenir qui lui est réservé, réfléchissez, pesez longtemps les antécédents de cet homme ; les circonstances sont si puissantes ! leur influence est si grande ! l'honneur ou le déshonneur dépend souvent de si peu de choses... Faites donc la part des événements, et mille considérations viendront militer en faveur de cet être plus à plaindre qu'à blâmer, qui, s'il n'est absous, du moins sera excusé aux yeux de ses semblables.

— Je partage votre manière de voir, objectai-je à M. Bouchon.

— Vous me pardonnerez donc de vous avoir sondé si longtemps ; mais quand une fois je vous aurai livré tout le secret de ma vie, nous devons être, ou ennemis acharnés, ou amis inséparables ; si votre dévouement est complet, vous me consolerez : si vous me méprisez, je me vengerai.

Les yeux de M. Bouchon, si calmes d'ordinaire, devinrent en ce moment si brillants que j'en fus involontairement saisi ; je fus également frappé du désordre qui avait régné dans son dernier discours ; cet homme m'impressionnait ; on lisait sur sa physionomie une grande agitation concentrée ; le souvenir de souffrances injustement supportées avait été évidemment réveillé par mes indiscrètes questions.

— Calmez-vous, lui dis-je, je vous en prie, ne voyez en moi qu'un ami ; hâtez-vous de vous débarrasser de ce poids qui vous étouffe, et soyez convaincu que plus d'un encore s'associerait comme moi-même aux maux qui vous accablent !

— Pardonnez-moi une fois encore , continua-t-il ;
j'ai dû vous blesser par ma longue hésitation , mais le
le malheur rend méfiant; il est toutefois consolant pour
moi de penser que j'ai bien placé ma confiance; écou-
tez-moi avec patience, mon cher monsieur , me dit-il
avec un acccent de mélancolie qui me pénétra ; il est
des choses qu'on raconte difficilement, non parce qu'on
les ignore, mais au contraire , parce qu'on les sent trop
bien.

C'est dans un petit village , à quatre lieues d'une ville
du Midi, que je passai les trente premières années de
ma vie , je répondais au nom d'*André* ; j'appelais *père* et
mère , les époux Bouchon, cultivateurs aisés qui m'a-
vaient élevé , croyant bien sincérement être leur fils ; et
comment en aurais-je pu douter après les marques d'affection et de sollicitude dont ils m'entouraient chaque
jour ?

Pour toutes leçons, je reçus celles du vieux Simon ,
le magister du village, que je vois encore, avec sa perru-
que rouge, sa culotte courte, ses bas bleus chinés , et
dont la voix un peu chevrotante, retentissait pourtant
chaque dimanche au lutrin.

Mes *études terminées*, et me sentant une vocation dé-
terminée pour le grand air et les occupations pénibles ,
j'accompagnais mon père dans les champs, l'aidant un
peu dans ses travaux , jusqu'à ce que, devenu plus âgé,
je pus complétement le remplacer et lui permettre de se
reposer de ses fatigues.

Nos besoins ainsi que nos désirs, sont relatifs; des besoins, je n'en éprouvais pas ; des désirs je n'en avais

pas à former ; le temps m'entraînait dans un état complet d'insouciance, me laissant ignorer jusqu'à l'existence
de ces causes dont les effets composent la vie ; mon sommeil n'était troublé ni par la vanité, ni par la politique,
et loin de moi les idées de gloire, d'honneurs, de fortune.... je me levais avec le soleil ; je me couchais en
même temps que lui ; je labourais, je semais, je hersais,
je rentrais le blé, je le battais ; je mangeais de bon ap-
pétit, je dormais sans rêver ; j'étais bien véritablement
heureux, sans savoir que je l'étais ; mon travail était tout
matériel, mais mon imagination ne m'en offrait pas
d'autre qui me fît maudire celui auquel j'étais accoutumé depuis mon enfance.

Le dimanche, la messe, les vêpres et le cabaret, où
l'on vidait quelques bouteilles, remplissaient les heures
de ma journée. Telle fut ma vie pendant longtemps. Durant cet intervalle, je ne me rapelle qu'une circonstance
qui vint me faire sortir de ma léthargie, et me fit sentir un
peu l'influence des traverses humaines ; c'était le tirage
au sort.... Je n'étais pas né pour l'état militaire, j'aimais ma liberté, mes champs, mes bois, mon village,
mes habitudes, mes vieux parents, il m'en eut trop
coûté pour renoncer à tous ces biens !.... ignorant *quel
lendemain* m'attendait, j'appréciais pour la première
fois une tranquillité qui m'avait semblé naturelle avant
que la crainte de la perdre eût éveillé mon attention.

Néanmoins le destin eut pitié de moi : Je fus déclaré
impropre au service, pour une infirmité dont j'ignorais
moi-même l'existence.... Dès-lors, libre d'inquiétude,
je renais au bonhenr, mes sillons me sont rendus....
et je retombe bientôt dans mon apathie première.

Tous les habitants aimaient André ; je n'avais, il est vrai, dans le cœur, de méchanceté pour personne ! Oh ! heureuses années de ma vie, qui, si souvent, me poursuivez de votre souvenir, que je vous regrette !.... mais en vain.

Dans ce monde, mon cher M. Bouchon, lui fis-je observer, il faut de la résignation et de la philosophie, autrement l'existence serait insupportable ; le passé ne nous appartient pas ; évitons de regarder derrière nous ; chaque jour nous apprend le néant d'une illusion qui la veille nous charmait ; lorsque ces épreuves se sont répétées, le cœur s'instruit ; il devient méfiant, ne se livre plus à l'impression du moment, il hésite.... il redoute le lendemain !... L'épanchement alors, ce besoin de l'âme, cet apanage de l'inexpérience, fuit pour toujours.... Vivez donc pour le présent, sans vous laisser entraîner par l'excès de la joie, ni par celui de la peine ; le calme, l'égalité de caractère, voilà le but vers lequel on doit tendre, comme la plus grande chance de bonheur.

— Le raisonnement est impuissant, reprit M. Bouchon, chez l'homme dont le cœur est ulcéré par le chagrin, et c'est dans l'isolement surtout, qu'une tristesse involontaire l'abat, que des détails qu'il voudrait oublier reviennent sans pitié à sa mémoire ; vainement il cherche à les éloigner, toujours il est tourmenté par les mêmes idées.... Le bruit devient pour lui une nécessité, il faut qu'il cède au torrent qui l'entraîne ; qu'il s'étourdisse ; que malgré lui il renonce à sa propre compagnie !

— Eh bien ! désormais, M. Bouchon, dans vos jours d'humeur noire, vous viendrez près de moi, je vous écouterai avec intérêt, et vous serez d'autant soulagé ; mais , continuez, je vous prie, comment renonçâtes-vous à votre vie simple et champêtre ?

— Je vais vous l'apprendre : bien que douze années déjà se soient écoulées depuis, tout est encore gravé là. Cependant, dit-il, en plaçant la main sur son cœur, vous êtes le premier à qui j'en aurai fait la confidence.

C'était le 13 avril 1832, date imprimée à jamais dans mon esprit.... Vers midi, je revenais à la ferme comme d'ordinaire, quand je vis non sans surprise, arrêté devant la porte, un cabriolet attelé d'un cheval blanc,.... grand événement dans notre contrée !

En entrant dans la pièce où se tenaient habituellement mes parents, et où nous prenions nos repas, je remarquai un homme dont les vêtements m'annonçaient qu'il était de la ville ; il causait avec ma mère.

— André, me dit celle-ci, dès que je fus près d'elle, il faut prendre tes hardes du dimanche et suivre Monsieur ; quelqu'un te demande à la ville pour une affaire très-pressée.

— Une affaire très-pressée! ces paroles produisirent sur moi un effet électrique ; elles me trottaient par la tête..., Mais de quelle nature? mais avec qui? me questionnais-je intérieurement ; moi qui allais peut-être une fois par an au marché de la ville, et qui n'y connaissais que Boutin l'aubergiste. J'interrogeai ma mère, elle était troublée, ainsi que mon vieux père ; tous deux me couvraient de leurs regards, en évitant les miens, ils me répondirent avec quelqu'embarras. « Nous n'en savons pas plus que toi,.... dépêche-toi....pars,....tu l'apprendras.... » Ces réponses, vous le pensez bien, étaient accablantes pour moi; il se passait certainement quelque chose d'inusité, d'extraordinaire; j'étais inquiet.... qu'allait-il donc arriver ?.... En embrassant mon père et ma mère, je devinai des larmes qu'ils s'efforçaient de retenir.... Un secret pressentiment m'annonçait que nous nous disions un dernier, un éternel adieu.... mon émotion était au comble.... je montai machinalement dans la voiture.

Longtemps je gardai le silence, me bornant à examiner celui qui me conduisait, sans oser l'interroger; enfin, je me décidai à lui demander qui l'avait chargé de me venir quérir.

— Je l'ignore, me répondit-il; seulement on m'a recommandé d'être prompt, et de vous dire que l'affaire pour laquelle on vous appelait était de la plus grande importance.

Ici M. Bouchon, qui paraissait ému, s'interrompit pendant quelques instants, et il poursuivit en ces termes :

Nous roulâmes ainsi pendant une heure et demie, nous entretenant de choses indifférentes; puis nous arrêtâmes devant l'une des premières maisons du faubourg de la ville, maison d'assez belle apparence, et dont toutes les fenêtres étaient munies de jalousies, baissées avec soin.

Mon conducteur me dit : c'est-là; descendez; sonnez, on vous attend....

Puis la voiture s'éloigna.

Je sonnai.

Par une singulière coïncidence, la diligence qui nous entraînait vers Toulouse, mon narrateur et moi, s'arrêta en ce moment; mon voisin interrompit son récit, et puis, accueillant avec bonheur la proposition du conducteur, nous nous dirigeâmes vers l'hôtel de France, animés de dispositions qui auraient effrayé notre amphitrion, s'il avait pu les deviner par l'examen de nos physionomies. Mais la veille, la fatigue, la poussière avaient enlevé à nos figures toute expression humaine.

Après nous être parfaitement restaurés à l'hôtel de France nous remontâmes dans notre coupé et je priai mon voisin de continuer son récit, grâce auquel j'avais oublié les longueurs et les ennuis du voyage.

Nous avons laissé *André Bouchon*, reprit alors mon narrateur, sonnant à la porte d'une maison qui lui était totalement inconnue, or maintenant je le laisserai parler comme j'ai fait jusqu'à présent.

— Une vieille servante était venue m'ouvrir; elle me regarda avec curiosité tout en hochant la tête, et m'interpella en ces termes.

— Est-ce vous M. André ?

— Oui madame, répondis-je.

— Suivez-moi donc.

Nous montâmes un escalier élevé d'une vingtaine de marches; ouvrant une porte qui s'offrait à nous elle annonça : M. André ! puis elle redescendit.

Un homme d'une soixantaine d'années, à la figure
amaigrie, disparaissant presque dans un moelleux oreil-
ler, les pieds enveloppés dans d'épais chaussons de
laine ; la tête à-demi cachée sous un bonnet de soie noire,
était enfoncé dans une vaste bergère jaune ; un petit bu-
reau, surmonté d'une étagère sur les rayons de laquelle
figuraient quelques livres, était placé près de lui ; l'a-
meublement de la pièce où nous nous trouvions était
des plus simples ; quelques chaises, une table ronde, un
lit ; le portrait d'une femme jeune et jolie, vêtue suivant
la mode du consulat, et comme pendant, une gravure
représentant l'assassinat de Marat ; la lumière du jour
ayant à lutter contre des rideaux et des jalousies, péné-
trait à peine dans l'appartement que je viens de décrire.

J'étais là, debout, au milieu de la chambre, roulant
ma casquette entre mes mains, et ne comprenant rien
à tout ce qui se passait depuis bientôt trois heures.

Le vieillard avait tenté de se lever de son fauteuil à
ma vue ; sa faiblesse ne lui avait pas permis ; il était
retombé ; cachant sa tête entre ses mains, il restait en
proie à de profondes réflexions.

Je me hasardai à rompre un silence qui me mettait
mal à l'aise.

— Monsieur, seriez-vous souffrant ?

Il se redressa lentement, puis attachant sur moi un
regard plein de tristesse qui me pénétra jusqu'au cœur,
il me répondit :

« Hier, mon ami, j'ai failli mourir ; mon heure est
sonnée, je n'ai plus que quelques jours à passer ici bas,

je sens la vie qui se retire de moi insensiblement. »

Il s'arrêta, et me montrant la porte d'un geste expressif :

— André, continua-t-il d'une voix émue et affaiblie, enlevez les clefs et fermez bien cette porte.

Je le fis.

— Bon, me dit-il, maintenant prenez une chaise et venez là, tout près de moi ; j'ai à vous entretenir de choses sérieuses…. de choses, dont la révélation vous glacera d'effroi…. André regardez-moi.

Je le regardais de tous mes yeux, son visage plombé, ses yeux éteints, ses mains décharnées sont encore gravés dans mon souvenir…. j'entends encore cette respiration oppressée…. hélas !

— André, poursuivit-il, examinez ce portrait qui est au-dessus de ma tête.

Je portai mes regards vers le portrait qui m'était désigné ; c'était celui d'une jeune femme dont les traits grâcieux et pleins d'un doux sourire, contrastaient d'une étrange sorte avec ceux du pauvre moribond.

— Eh bien ! André, que pensez-vous de ces deux visages ?

— Monsieur, s'il m'est permis de vous répondre franchement, je vous avouerai, que, jusqu'à présent, tout ici me semble mystérieux : vous m'avez demandé près de vous, que désirez-vous de moi ?

Le veillard, balbutia :

— André, aimez-vous bien votre père et votre mère?

— Sans doute, pourquoi cette question?

— Les connaissez-vous ?

— Comment si je les connais?

— Vous les connaissez ?

— Mais certainement.

— Quel nom porte votre père?

— Blaise Bouchon.

— Non, André, non, non....

— Comment non, mais j'en suis sûr, moi;.... cependant un frison involontaire s'empara de moi.... l'assurance avec laquelle le vieillard me parlait, commençait à me faire douter de ce que je pensais savoir le mieux; je me méfiais de mon ignorance.

— Si l'on vous avait fait croire ce qui n'est pas? si votre père véritable vous avait abondonné et relégué loin de lui ?

— Que me dites-vous-là ! repris-je, quoi! Blaise ne serait pas mon père?.,.. (je tremblais de tous mes membres ..), Mais dans quel but ?...

— André, pardonneriez-vous à ce père, coupable en apparence, s'il vous rappelait auprès de lui, et si, se jetant à vos genoux, il venait implorer de vous le pardon, l'oubli du passé? (Ces mots expiraient sur les lèvres du vieillard, que déjà il s'était laissé glisser à terre, et que les yeux pleins de larmes, il me tendait. en tremblant, les bras d'une manière suppliante.) Hors de moi, je m'y précipitai instinctivement.

M. Bouchon, que les sanglots suffoquaient, se vit obligé de suspendre sa narration ; je l'engageai à se reposer, et, moins agité, il reprit : « Je renonce à vous dépeindre ce qui se passa en moi dans ce moment de délire ; je l'ignore d'ailleurs, car je cessai d'exister pendant quelques instants; si j'avouais qu'une voix intérieure me disait que celui qui gémissait là ; sur le parquet, était mon père, je mentirais, mais les paroles du vieillard, son visage totalement décomposé, ses larmes, un bouleversement de tout mon être, une influence que je ne saurais définir, et qui dominait mon esprit grossier, me faisait agir malgré moi : je m'empressai de le relever et de le replacer dans son fauteuil, plus qu'abattu, presque mort ; ses yeux étaient fermés, son teint livide, son corps froid ; je pressais une de ses mains dans les miennes, et j'attendais, en le contemplant avec un recueillement mêlé d'anxiété, qu'il eût repris ses sens...

« Vous habitants de la ville, continua M. Bouchon, vous qui avez reçu de l'instruction, qui, depuis votre enfance, avez été entourés de vos parents, qui avez grandi dans la société, sans être exposés à la brusque transition par laquelle j'ai passé, vous ne comprendrez pas qu'une révolution dût s'opérer chez l'homme qui, courbé sur la charrue jusqu'à l'âge de trente ans, sans autre occupation que celle du retour de la saison, vit soudainement se révéler et briller à ses yeux, comme un éclair.... tout un monde ! »

— Je m'identifie tellement avec votre propre position, mon cher M. Bouchon, que j'éprouve en ce moment ce que vous dûtes éprouver alors, un sentiment bien extraordinaire et bien difficile à dépeindre. — « Mon pauvre père resta, pendant quelques minutes, immobile dans un fauteuil; les forces lui revinrent néanmoins, peu à peu, ses yeux s'ouvrirent; il les promena autour de lui avec inquiétude, et semblant me chercher.

— « André, mon bon André, dit-il, es-tu là, viens, viens, embrasse moi, m'as-tu pardonné ?

— Mon père, (oh! c'était lui, je n'en pouvais plus douter), mon père, me voici ! mais quel pardon voulez-vous donc que je vous accorde? quel mal m'avez-vous fait?.... je n'ai manqué de rien ; ceux qui m'ont élevé, ont pris soin de mon enfance; si vous m'avez tenu loin de vous, c'est que vous y étiez sans doute forcé.

— « Mon fils, mon cher fils, comment oserai-je t'apprendre ce qui me reste à te révéler ? Tu le vois, la mort est là qui me réclame; respecte mes derniers moments, et quand tu connaîtras le motif pour lequel je t'ai confié à des soins étrangers, ne rougis pas, ne t'éloigne pas de moi qui ai tant souffert, car tu me tuerais ; mais attends-toi à quelque chose d'épouvantable, rapproche-toi de moi, je puis à peine me faire entendre, écoute-moi avec calme et attention.

— « Parlez, mon père, parlez, et quoique vous m'appreniez, soyez certain d'avance que je serai toujours le même à votre égard ; rassurez vous, la mort ne veut pas encore vous enlever ; vos chagrins étaient trop

forts, vous m'avez appelé, puissé-je en alléger le poids
en les supportant avec vous ; désormais je ne vous quit-
terai plus ; ma présence et mon affection ranimeront dans
votre cœur une vie qui m'est désormais si précieuse.

— « Mon bon fils, regarde donc, contemple encore ce
portrait ; vois ces yeux où respire la bonté ; ce sont ceux
d'une femme que je pleure chaque instant, de ta mère,
qui, peu de temps après t'avoir donné le jour, mourut
en te pressant sur son cœur.... Combien elle t'aimait !...
plus que je ne t'aime, si c'est possible.

Elle est au ciel, et en ce moment, elle nous voit tous
deux, moi si près de la rejoindre, toi, si plein de santé,
de jeunesse... sans avenir par ma faute.... ; sache comment je l'épousai, et qu'elle fut l'origine des mes malheurs.

Au village, durant les longues veillées d'hiver, tu
as sans doute entendu, de la bouche de quelque vieux
paysan, le récit des temps passés et des horreurs qui
furent commises à une époque qu'on appelle la Révolution.... Tu as peut-être aussi entendu parler de la
Terreur, et prononcer le nom d'un tyran, de ce sangui-
naire Marat, que la belle et infortunée Charlotte Corday
poignarda le 15 juillet 93.

Cet homme, dont le buste fut porté en triomphe au
Panthéon après sa mort, tu le vois représenté dans ce
tableau, au-dessous du portrait de ta mère....

— Oui, lui répondis-je, le père Simon nous entrete-
nait quelquefois de cette année qui coûta tant de sang
à la France.

— Dans ces temps de calamité, continua le vieillard, chacun tremblait, on n'osait point agir, on craignait presque de penser.... J'avais alors vingt ans, une pièce de vers que l'on saisit sur moi me valut d'être enfermé à Saint-Lazare, et une étourderie de jeunesse faillit me conduire à l'échafaud. C'était assez d'une légère imprudence, à Paris surtout. Depuis deux ans, je travaillais chez un notaire, on voulait faire de moi un homme de plume.

Ton aïeul était un assez riche boucher de cette ville, et, quoiqu'il m'en coûte de le dire, grand partisan de Marat.

Dès qu'il fut informé de mon arrestation, il alla trouver le farouche représentant, afin de lui faire valoir son dévouement à sa personne et à ses opinions, et le supplier d'excuser en moi une démonstration plus irréfléchie que coupable, et sans aucune conséquence d'ailleurs.

Marat dînait avec plusieurs septembriseurs.... Il questionna mon père sur sa profession, sur le lieu qu'il habite, sur l'influence qu'il y exerce, et, bien luné sans doute en ce moment, il lui dit :

« Je t'accorde la grâce de ton fils, parce que tu es un bon citoyen, (je tempère ici l'expression autrement énergique dont il se servait habituellement), mais à une condition dont tu devras être fier (il appuya sur ses mots), puisque je vais te prouver l'intérêt tout spécial que je veux bien te porter.... Il me manque justement (lui fit-il en s'accompagnant d'un geste affreux).... Tu me comprends ? et c'est ton fils qui le remplacera, — il se fit apporter de quoi écrire et après avoir tracé quelques

mots sur un feuillet, il ajouta — prends ce papier écrit
de ma main ; porte-lui en la nouvelle.... »

Mon père n'eut pas la force de refuser ; sous l'empire
à la fois, de la voix de la nature et de l'enthousiasme
de la patrie, il accepta l'offre qu'on lui faisait avec reconnaissance, comme s'il se fût agi d'un insigne honneur.

Désormais André, toute une existence d'opprobre et
d'infamie pesait sur moi par la volonté de fer de ce
monstre qui, après cet arrêt fatal, reprit gaîment, avec
son révoltant cynisme, le cours de son orgie.

J'étais donc bourreau ! je n'ai pas cessé de l'être !....

— Une sueur froide parcourut tous mes membres en
entendant prononcer ces dernières paroles ; ma tête s'affaissa sur ma poitrine brisée, trop faible pour résister
à tant d'émotions.

— Eh bien ! André, continua-t-il, le voilà révélé ce
terrible secret si longtemps enseveli et qu'après tant
d'efforts je viens d'arracher de mon sein, voilà l'expli-
cation de ce mystère, de toutes ces hésitations dont tu
ne pouvais te rendre compte. Maintenant, laisse moi
respirer plus à l'aise ; regarde-moi, que je lise dans tes
yeux, que j'y cherche quel sentiment y a fait naître
ce douloureux récit ; que j'y rencontre le dégoût ou la
pitié !!! plus tard, tu sauras ma vie tout entière....
André ! André ! ne me repousse point, toi, mon sang,
toi, mon enfant ; n'ai-je point assez du mépris du
monde, sans avoir à rougir encore en présense de mon
fils ?

Pour toute réponse, je balbutiais; je pleurais, je riais, j'étais hors de moi-même, je perdais la tête....Le mot bourreau sonnait toujours à mon oreille; mon imagination me représentait tout le village, courant, avec une curiosité mêlée d'effroi, vers la ville, à la nouvelle d'une exécution.... et c'était mon père qui accomplissait cette œuvre dont la pensée seule fait frémir. Sa vue me glaçait; je ne sais pourquoi il me semblait trouver en lui une figure différente de celle des autres hommes; je jetais involontairement mes regards sur ses mains, que je voyais teintes du sang.... de ses semblables, mon cerveau était en feu.... O journée du 13 avril !!!.

André, continua le vieillard, figure-toi dans quelle consternation dût être plongée notre famille, quand mon père y vint apporter la nouvelle de mon élargissement et de l'infâme condition à laquelle on l'avait surbordonné : pour moi, ce ne fut qu'en arrivant chez mes parents que j'appris l'insigne faveur qu'on m'avait accordée et les hautes fonctions dont elle m'investissait.

Fais-moi grâce des détails ici, mon cher fils; épargnemoi des réflexions avec lesquelles, crois-le bien, on ne se familiarise jamais; quoique vieux, aujourd'hui encore je ne puis sans frémir me rappeler mon début dans cette nouvelle carrière....

Il y a, vois-tu, quelque chose d'affreux pour l'homme de cœur, qui, livré à lui-même, se retrace l'image d'un être, tout-à-l'heure plein de vie.... maintenant anéanti....

D'ailleurs, quels crimes poursuivait-on alors?...

Des titres, des vertus, des richesses, des opinions !

Quelles victimes encore atteignait-on ?

Des poëtes, des savants, des femmes.... et jusqu'à des enfants !

Oh! André, André, ne parlons plus de toutes ces choses.... J'ai peur, je ne suis pas un lâche, la douleur, la mort ne m'effraient pas ; mais après.... rassure-moi donc, dis moi que la miséricorde de Dieu est infinie, qu'il me tiendra compte de tout ce que j'ai déjà souffert...

Devant de pareils souvenirs, de pareils fantômes qui me poursuivent sans cesse, tu comprendras que je ne pouvais mourir seul ; cependant, j'avais juré à ta mère de ne te révéler jamais le secret de ta naissance ; de te laisser orphelin plutôt que deshonoré ; j'avais devant moi un long avenir quand je fit ce serment ; au moment suprême, je reconnus que j'avais trop présumé de mes forces. L'attaque qui vient de me frapper m'a fait mûrement réfléchir ; je ne puis me dissimuler mon état ; je vois que ma fin est proche ; je n'ai plus l'énergie du jeune âge ; je chercherais en vain à lutter plus longtemps.

J'ai surmonté mon irrésolution ; c'est alors que je t'ai fait appeler, certain d'avance d'obtenir ton pardon pour quitter plus tranquille cette vie de douleur.... Ainsi, ne me fais pas un crime d'avoir violé mon serment.... Sache plus encore.... quatre années ont suffi pour fournir un sujet continuel de tourments au long restant de ma carrière.

La première fois que je quittai ***, pour me rendre à Paris, j'emportais dans le cœur une passion ; j'aimais

éperdûment la fille d'un horloger, notre plus proche voisin, bien qu'elle dût avoir en partage une dot assez
considérable, et que, relativement à l'époque, son éducation fût assez brillante, je n'en étais pas moins bien
accueilli dans sa famille, et dès que mon père eut
abordé le chapitre du mariage, sa proposition ne fut
point rejetée; seulement on objecta que nous étions
trop jeunes l'un et l'autre, et l'on trouva convenable
de fixer à deux ans le jour de notre union. Ces deux
années je devais les consacrer à l'étude des affaires, pour
me trouver ensuite en état d'acquérir une petite position, qui vînt en aide à mes faibles ressources et fût
en même temps une garantie de calme et de bonheur
pour ma jeune fiancée; le tout était très-sagement pré-
vu : mais la Providence est là, qui détruit les plus beaux
projets, et nous fait apercevoir que c'est une folie de
fonder l'espérance sur l'avenir, qui n'est qu'incertitude.

Enfermé d'abord à Saint-Lazare, j'en étais sorti pour
devenir bourreau, je fis d'amers reproches à mon père,
lui disant qu'il eût cent fois mieux agi en me laissant
monter moi-même sur l'échafaud, qu'en me sauvant la
vie au prix du déshonneur ; que flétri désormais, je
devais oublier ma fiancée, à qui je ne pouvais plus inspirer que de l'horreur !....

— Je voudrais bien voir, reprit alors mon père avec
son exaltation révolutionnaire, quand tu te dévoues
pour le service de la patrie, qu'on me fît un tel affront.... j'ai leur parole.... malheur à eux s'ils osent y
manquer ; au surplus, je cours de ce pas chez Cabasse,
je prétends qu'avant quinze jours tout soit fini,.... ou
morbleu !....

— Nōn, dis-je à mon père, pas de violence, j'adore Léonie, j'aime mieux qu'elle soit heureuse avec un autre, que de me savoir la cause de son malheur.

— Niaiseries, que tout cela, reprit-il.... tu l'aimes, elle t'aime, vous vous épouserez.

— Oui, c'est ainsi qu'il parlait; que vouliez vous répondre? j'ignore ce qui se passa entre Cabasse et lui... quinze jours après, nous étions mariés; j'ai toujours attribué à la terreur qu'inspirait mon père dans la ville, jointe au crédit dont il jouissait auprès de Marat, la détermination subite du craintif horloger, qui redoutait les effets d'un tel ressentiment....

A quelque temps de là, Marat succomba sous le poignard; sa chûte entraina celle de mon père; dès-lors, quel changement dans notre position! Au fur et à mesure que les craintes se dissipaient, nous devenions en butte à quelque nouvel affront; la famille de Léonie même refusa de nous recevoir : ce coup fut pour moi le plus terrible, car j'aimais ta mère, André; elle était si bonne, si simple.... on ne nous désignait plus que sous le nom de *Sans-Culottes*. Léonie eut à supporter toutes les conséquences de cette fâcheuse renommée et du misérable métier que j'exerçais; cependant jamais on n'entendit sortir de sa bouche un reproche, une plainte; elle supporta toutes ces épreuves avec un admirable courage ; aux petits soins pour ma personne, et payant, avec une affection et des attentions continuelles, tous les chagrins involontaires que je lui causais, toujours elle fut mon soutien, ma consolation. En 1802, tu vins au monde; de ce jour, ta mère ne quitta plus le lit, et, deux ans après, elle mourut comme une sainte, après avoir vécu en martyre ; pour toute grâce, elle m'avait demandé de t'éloigner, de te confier à de braves paysans que nous connaissions, et de ne te révéler jamais le secret de ta naissance.... Hélas ! comment rejeter une prière, qui seule témoignait du bon cœur de celle qui déjà s'imposait elle même un si grand sacrifice.... puisqu'elle se sentait le courage de se séparer de son enfant !.... J'ai promis, tu sais le reste ; ainsi André, mon père ma condu:t au déshonneur ; j'ai fait mourir de chagrin une femme que j'idolâtrais.... et toi, mon fils, je te vois aujourd'hui pour la seconde fois depuis ta naissance !.... Pense-tu que j'aie dû souffrir? Peux-tu te figurer une position plus affreuse ? Cependant dans le monde, on ne va si loin, on ne s'occupe point de tous ces détails, sais-tu ce qu'on dit de moi? « C'est le bourreau ! c'en est assez... Je ne suis pas un homme, je n'ai pas un cœur, une âme comme un autre.... » Le mépris général, tel a été mon partage.

Sous l'influence des souvenirs et des émotions que son récit venait de réveiller en lui, le vieillard s'affaissa dans sa bergère et cessa de parler.

Ici finit l'histoire de mon père.

Vous le savez donc, Monsieur, ajouta André, je suis le fils d'un bourreau... Ces derniers mots, il les prononça avec lenteur, visiblement agité, et en cherchant à lire dans mes yeux l'effet que devait y produire un révélation de cette nature.

J'étais impassible. Nous nous regardions dans le plus profond silence.

—. Eh bien ! mon cher Monsieur Bouchon , lui dis-je enfin du ton le plus affectueux qu'il me fut possible, continuez, je vous en prie , si vous n'êtes pas trop fatigué, le récit de vos chagrins.

— Comment !... vous ne me fuyez pas... ma présence n'excite pas en vous un frissonnement d'horreur !... Ce mot de bourreau; cependant... tenez, je ne crains pas de vous l'avouer, en l'entendant sortir , même de la bouche de mon père , tout mon sang se glaça involontairement.

— Vous ne l'avez pas repoussé , et vous voudriez que je m'éloignasse de vous, qui avez souffert autant que lui peut-être ?... Non, non, jamais ; toutefois j'approuve votre prudence et votre discrétion ; ne confiez pas à d'autres ce secret ; vous avez un ami maintenant, qui vous comprend, qui vous plaint, qui vous console ; que cela vous suffise. Depuis l'époque terrible qu'a traversée votre malheureux père, que de familles ont enfoui dans leurs archives intimes des secrets , des souvenirs qui pourtant n'ont jamais transpiré! Le temps assigne à tout des prescriptions..... Les nouveaux événements qu'entraîne à sa suite chaque année, occupent suffisamment le siècle, sans qu'il ait besoin de revenir sur un passé qui cesse d'avoir de l'importance , quand une nouvelle génération a su le faire oublier.

— Puisse le Ciel vous entendre, Monsieur, et m'acquitter envers vous pour tout le bien que vous me faites!.. Tout renaît autour de moi... Ma position n'est-elle pas celle du naufragé jeté dans une île déserte, et qui, après y avoir vécu seul pendant des années, se retrouve tout-à-coup en présence de son semblable, qui fait retentir à son oreille le son de la voix humaine, oubliée en quelque sorte dans la solitude ?... Jugez de sa joie, en se voyant pour compagnon une créature vivante, intelligente comme lui... Le monde était pour moi cette île...

— Quand mon père eut achevé, continua-t-il, il parut plus tranquille; je demeurai près de lui pendant deux mois, peut-être; mais il n'y avait plus de remède, la nature était épuisée, il avait trop souffert, et, malgré toutes mes attentions, toutes mes prévenances, le vieillard succomba. Le jour de sa mort, je versai des larmes bien amères, je le regrettais du fond de mon cœur, la perte que je faisais était irréparable; je n'avais point vécu dans le monde; ses préjugés n'avaient point corrompu mon âme, en deux mois: il m'avait révélé une existence toute nouvelle; chaque jour, grâce à ses judicieuses observations et à sa longue expérience, je découvrais quelque vérité, quelques faits dont jusqu'alors je ne m'étais pas même douté; oui, Monsieur, deux mois avaient suffi pour opérer en moi un tel changement, et je me demande si ma bonne mère-nourrice elle-même aurait pu reconnaître *son André*, tant l'homme s'instruit vite quand il a pour maîtres la voix de la nature et son cœur... Les paroles du vieillard me frappaient au point de rester gravées en moi; je ne les comprenais pas toujours, mais je les retenais; et il y en a quelques-unes dont je n'ai acquis le véritable sens que bien des années après sa mort; tel l'enfant qui, arrivé à l'âge mûr, saisit la portée d'une multitude de mots que sa mémoire lui avait fait répéter jusque-là, sans y attacher aucune idée.

Deux mois après avoir quitté mon village, je me trouvais sans parents, dans une position des plus étranges; on m'avait appris à réfléchir... dépeint ma vie d'autrefois sous de telles couleurs, que je la considérais désormais comme impraticable; cependant je n'étais pas de force encore à m'engager sans guide, dans une route nouvelle pour moi; le pauvre André, dont toute la fortune se bornait jadis à une pièce de vingt sols par dimanche, se voyait subitement à la tête de trois mille cinq cents livres de rente.

Ici, Monsieur, veuillez réfléchir un instant, et, pesant toutes les considérations que je viens de vous exposer, me répondre avec franchise ce que vous eussiez fait de votre argent, de votre personne et de votre indépendance!... Oui, à ma place, qu'auriez-vous fait de tous ces biens?

— Je me serais trouvé, il me semble, dans un embarras plus grand, que si un oncle inattendu me laissait aujourd'hui, du fond de l'Amérique, un héritage important.

— Vous plaisantez, reprit **M.** Bouchon, mais sérieusement, qu'auriez-vous fait?

— Quitté à jamais un pays qui eût toujours éveillé en moi de trop tristes souvenirs et où aucun lien de famille, d'ailleurs, ne m'eût retenu.

— Pardon, pardon, j'avais encore mes bons parents nourriciers...

— C'est juste, mais le mystère dévoilé... votre position respective changeait bien.

— J'y restai cependant forcément plus longtemps que je n'aurais voulu; mon excellent père, dans une sage pré

voyance, avait mandé son notaire, et, après une longue
conférence, placé sous sa sauve-garde ma personne et
mes biens, le priant, dès qu'il ne serait plus, de régulari-
ser au plus vite tout ce qui me concernait, afin qu'il me
fût possible de quitter un pays qu'il avait tant maudit,
et dont le nom seul devait empoisonner les plus beaux
moments de ma vie, puis il lui avait fait accepter une
montre d'or à répétition magnifique, et un diamant. Six
mois après l'événement, je laissai à l'homme d'affaires
ce qu'il me qualifia de procuration générale, quittant
pour toujours mon pays natal, et je m'acheminai vers
l'Italie ; j'étais devenu sombre, maladif : trop de choses,
trop de souvenirs assiégeaient mon cerveau ; je voyageais,
mais sans tirer grand profit de tout ce qui s'offrait à ma
vue ; je dépensais beaucoup d'argent, incapable de me
procurer aucune jouissance ; dans les commencements,
j'ouvrais de grands yeux, la nouveauté du spectacle me
donnait une distraction forcée ; mais, après avoir fait une
centaine de lieues, ou je me familiarisai avec les mer-
veilles, ou mon esprit cessa de se prêter à ce jeu continuel d'émotions ; je retombai dans une froide apathie ;
insensible devant les plus beaux sites, les plus belles vil-
les d'Italie, abattu par la chaleur du climat, et plus
encore anéanti par ma vie oisive et solitaire, je fus saisi
d'un terrible accès de tristesse ; j'étais dans la plus belle
campagne du monde, et je regrettais cette agitation des
champs, mes habitudes d'autrefois, mes compagnons du
dimanche ; mon imagination m'exagérait tellement tous
ces tableaux, que je pris enfin la ferme résolution de revenir près des bons paysans, parmi lesquels j'avais vécu
si heureux, jusqu'à l'âge de trente ans :... ce sera l'af-

faire de quelque mois au village, me disais-je ; on me
montrera d'abord au doigt, puis quand on sera bien las
de gloser, on ne dira plus rien ; d'ailleurs, ne suis-je pas
toujours André, toujours l'homme d'autrefois ? avec des
écus de plus, je ne serai pas fier, je ne changerai pas ma
manière de vivre, je ne méconnaîtrai pas mes amis, je
ferai le plus d'heureux qu'il sera en mon pouvoir... il
n'y a pas d'autre parti à prendre... je raisonnais ainsi ;
mais quelqu'un venait-il à passer près de moi, à me
regarder avec attention, soudain tout mon courage m'a
bandonnait : je me croyais reconnu ; troublé, je sortais,
ne me sentant plus la force de m'exposer au mépris de
mes semblables, et tout malheureux que j'étais, il me
semblait préférable de continuer mon existence errante,
plutôt que d'encourir de tels affronts... Que de chimé-
res ! qui donc s'occupait d'André en Italie ? Je me le
figurais, c'en était assez ; comment vous dépeindre ce
que ces luttes intérieures et continuelles ont dû me faire
souffrir ; un coupable qui fuit la justice, ne doit pas me-
ner une existence plus agitée ; c'est alors que je sentais
le besoin d'un cœur ami, qui eût pris ce qu'il y avait de
trop dans le mien, qui m'eût conseillé ; depuis trois mois
je n'avais pas quitté les diligences et les hôtels ; tout en
formant le projet de revenir sur mes pas, je m'éloignais
toujours ;.....

Un soir, j'avais souffert toute la journée plus que
d'habitude, j'étais à Naples ; je m'étais bien promis de
repartir dès le lendemain pour la France, et de me fami-
liariser avec l'idée de mon entrée au village... Cette résolution, que je croyais inébranlable, m'avait rendu un
peu plus calme ; j'étais armé de résignation, par l'espoir

d'une amélioration prochaine dans mon sort ; j'entre dans un café pour me désaltérer, et j'écoute une jeune fille qui chantait un morceau italien, en s'accompagnant sur la guitare ; quand le morceau fut terminé, la chanteuse fit le tour de la salle, s'adressant à la générosité des auditeurs ; je la voyais venir, et cependant, tout à mes pensées, je n'avais fait aucun mouvement pour lui préparer mon offrande ; elle vint devant moi, me présentant une petite tasse de coco ciselé ; ma timidité ordinaire s'empara de moi ; tous les regards fixés sur elle me comprenaient par contre-coup, je voulus me hâter, et, dans mon trouble, je laissai rouler à terre deux ou trois pièces de monnaie ; un Monsieur, qui me tournait le dos, se baissa fort poliment, les ramassa et me les offrit.

— J'allais le remercier, quand il me regarda plus attentivement et me dit :

— Pardon, Monsieur, votre figure ne m'est pas inconnue, je vous ai vu quelque part, n'étiez-vous pas aux dernières courses de chevaux de Milan ? n'étiez-vous pas descendu à l'hôtel de l'Aigle ?

— Oui, Monsieur, repris-je à mon tour, effectivement je me rappelle que nous dînâmes à la même table, et que vous veniez pour faire des études de peinture ; je vous accompagnai dans quelques-unes de vos excursions, vous ne pouviez revenir que je restasse insensible devant des beautés que je ne comprenais pas comme vous ; une mousse sur l'écorce d'un sapin, une branche fleurie qui se détachait dans la profondeur obscure d'un précipice, excitaient votre enthousiasme ; à chaque pas, votre vive imagination, votre amour de la nature, vous suscitaient de nouvelles jouissances... je portais envie à votre heureux caractère, je soupirais... je ne savais que cela !

— Oui, oui, je me rappelle parfaitement toutes ces choses ; cent fois je vous demandai la cause de vos chagrins et le but de vos voyages , jamais je ne pus obtenir de vous de réponse à ce sujet, puis nous nous quittâmes.

— Depuis cette époque, demandai-je au touriste, qu'avez vous fait ?

— J'ai visité Florence, sa galerie et la chapelle des Médicis ; la patrie de Mécène et de Pétrarque ; je rapporte des études de tous ces pays; Rome, où j'ai pris quelques exquisses au Vatican ; Urbin, la patrie de Raphaël ; enfin j'arrive ici avec l'intention de me transporter jusqu'à Pouzzoles ; je compte en effet présenter à l'exposition prochaine un tableau qui ne sera autre chose que le Tombeau de Virgile ; le sujet prête, bien qu'il ait déjà été traité ; ce rocher et ces lierres seront d'un merveilleux effet ; et le distique composé par le poëte à ses derniers moments, ce véritable chant du cygne, fera très-bien sur le livret :

Mantua me genuit; Calabri rapuére, tenet nunc
Parthenope : cecini pascua, rura, duces.

Je compte rester une semaine, ne m'accompagnerez-vous pas ? car enfin, vous êtes libre de votre temps, de votre personne ?

— Je suis décidé à regagner la France , répondis-je, il me tarde d'être de retour chez moi ; cette vie fatigante et inutile m'est devenue insupportable.—Que vous dirai-je ? malgré ma belle résolution, notre touriste était élo—

quent, persuasif, je me plaisais dans sa compagnie ; je n'affirmerai pas qu'il trouvât le même charme dans la mienne, qui était fort maussade ; mais en voyage on aime souvent un compagnon quand même ; je me laissai donc entraîner par ses belles paroles : il fut convenu que son étude terminée, nous reviendrions en France, en remontant l'Italie à petites journées ; nous restâmes ensemble deux mois, logeant, mangeant, passant les journées ensemble ; comment durant un si long temps, quand on est malheureux surtout, ne pas s'oublier un instant et ne pas se laisser aller à un mouvement d'épanchement ; c'est ce qui m'arriva : je lui racontai une partie de mes malheurs, en lui taisant seulement ce qu'il était convenable de lui cacher ; je me donnais pour un enfant qui avait été délaissé jusqu'à l'âge de trente ans par se s père et mère, nourri à la campagne, sans éducation, puis, qui, le même jour, avait appris l'existence et la mort de ces mêmes parents, et recueilli leur succession... ; qu'alors, pour chasser ce que tant d'émotions avaient produit en moi, j'avais entrepris de voyager.

A ce récit, mon compagnon s'indignait : votre vie est un roman, me disait-il ; mais après tout, quels regrets peut faire naître en vous la perte de parents que vous n'avez pas connus, et qui pour vous, réellement, ne l'étaient que de nom? Si j'avais votre fortune, si j'étais libre comme vous, je voudrais être le plus heureux des hommes, je voudrais acquérir de la gloire, car aujourd'hui le talent a besoin de ces deux conditions pour percer.

— Je le regardais comme un fou, j'étais si loin de le comprendre ; étais-je à même de me faire une idée du caractère d'un artiste, de son existence toute intellec-

tuelle, de ses continuelles illusions, de sa délicatesse de
goût, de caractère... j'étais, moi, du dernier positif; je
lui répondais donc que toute mon ambition se bornerait à
rencontrer une épouse simple de mœurs comme moi,
bonne ménagère, auprès de laquelle je passerais des jours
calmes dans une habitation retirée, où nous jouirions
de la richesse et de l'indépendance de la campagne, de
ses douces occupations... J'avais aussi mon éloquence en
ce moment, car chaque parole que je prononçais était
l'expression d'un souvenir, d'un désir... !

Le peintre se fâchait alors. N'avez-vous pas le temps
de vieillir ? me disait-il. C'est une existence négative, sans
intérêt, sans émotions, que vous souhaitez ? Vous êtes
pourtant jeune encore, que ne cherchez-vous à vous ap-
pliquer à la peinture, à la musique, à la littérature ou à
l'étude des sciences, à quelque chose, enfin, qui occupe
votre intelligence et vous rattache à un monde dont vous
vous éloignez sans le connaître; le bonheur n'est que
dans les arts et la science; ces biens seuls sont réels et à
l'abri des revers de la fortune, des chagrins de famille
et des révolutions ! Si vous restiez quelque temps avec
moi, j'aurais à cœur de vous convertir, de vous amener à
regretter la perte des trente plus belles et plus utiles
années de votre vie.

Il y avait nécessairement une grande différence morale entre mon interlocuteur et moi; il était homme du
monde, instruit, rempli de tact et de finesse; moi, je
n'étais rien qu'une cire molle qu'on pétrissait à volonté.
Les deux mois qui venaient de s'écouler auprès de mon
pauvre père m'avaient mis à même de mieux profiter des
leçons de mon nouveau maître. Chaque jour, je prenais

plus de plaisir à l'écouter, je trouvais cet homme subli-
me ; je me serais voué à son service pour le restant de
mes jours, je lui portais ses boîtes à peintures, puis je
le regardais travailler. Quelquefois aussi il me chantait
des morceaux d'opéras italiens et français. Agréable compagnie que la sienne !...

Il m'appelait son bon André, son élève ; il paraissait
satisfait de mes dispositions. Bref, nous nous liâmes
d'une étroite amitié, nos excursions se prolongeaient ; je
regrettais de ne l'avoir pas connu plus tôt, car maintenant le voyage avait pour moi de l'attrait, et je vous jure
que jamais de ma vie je n'oublierai cette portion de
l'Italie que nous explorâmes ensemble ; il m'apprit ce
qu'était Mme de Staël ; souvent il me parlait de Corinne
et d'Osvald, et, inspirés par la vue des lieux qu'ils avaient
parcourus, nous étions l'un et l'autre, à notre tour, sous
le charme de l'enthousiasme qui avait exalté ces deux
nobles cœurs..... Oui, l'esprit, l'instruction sont sans
contredit les plus beaux apanages de l'homme ; je sentais
alors tout le vide qui existait en moi ; je pouvais tout au
plus lui prédire quand le vent changerait, quand la pluie
était certaine pour le lendemain ; enfin, je lui servais de
baromètre.

— Homme des champs, me disait-il quelquefois avec
un ton comique, quel temps fera-t-il demain ?... Puis,
changeant de ton, il me serrait la main, ajoutant : pauvre André, je vous aime avec votre simplicité, je voudrais
contribuer à votre bonheur.

Ici, mon narrateur fit une pause :

— Monsieur, me dit-il tristement, j'aborde l'époque la

plus pénible de ma vie, mon récit touche à sa fin, mon sort fut décidé en bien peu de temps, comme vous l'allez voir.

Nous visitâmes ainsi en amateurs l'Italie pendant deux mois. Les brouillards, le froid, la pluie, la neige même, dans quelques contrées, devaient mettre un terme à nos études ; et ce fut un motif pour mon compagnon d'entrer un matin dans ma chambre et de me dire :

— André, l'automne finit, et vous ne me parlez plus de la France.

— Non, lui répondis-je, vous m'avez fait oublier bien des maux, et je redoute autant aujourd'hui mon retour dans ma patrie que je l'ai désiré d'abord, car une fois sur cette terre, il faudra nous séparer.

— Pourquoi ? reprit-il, n'êtes-vous pas seul au monde ? ne pouvez-vous pas vous fixer où bon vous semblera ?

— Oh ! pour cela, assurément.

— Alors, que vous importe telle ville, plutôt que telle autre ; moi, je n'en puis dire autant, mon père, ma sœur, attendent avec bien de l'impatience mon arrivée ; j'éprouve beaucoup de peine déjà à obtenir d'eux chaque année un congé de trois mois pour faire des excursions nécessaires. J'habite Besançon, venez vous y établir ; de cette manière nos relations continueront ; je vous présenterai à mon père ; à toute heure du jour mon atelier vous sera ouvert, mes amis deviendront les vôtres ; leur société est gaie, attrayante, je vous le promets ; un atelier... source intarissable où peut puiser avec tant de fruits l'homme avide du savoir. Là, toutes questions sont traitées ; en nouaimant d'abord, vous éprouverez le besoin de nous imiter ensuite. Ainsi parla cet homme généreux, dont je vous tairai le nom, car il vit encore. Toutes ces idées s'entre-choquaient dans ma tête ; je m'arrêtai à ce plan, comme étant le plus sage, parce que là je pourrais vivre inconnu, tranquille, et même fréquenter une société telle que je n'aurais jamais osé l'espérer. Mon imagination se prêtait délicieusement à des rêves de bonheur... de bonheur ! Que j'étais sans expérience alors ! j'allais me trouver à même de dépouiller mon écorce grossière..... je cédai. Nous arrivâmes à Besançon. Je louai un petit apparte-ment presque somptueux, que mon compagnon de voyage m'avait choisi lui-même ; ce me semblait un palais ; à peine si j'osais y marcher. Je n'étais pas éloigné de mon ami, et, à vrai dire, j'abusai de la permission qu'il m'avait accordée, j'étais plus souvent chez lui que chez moi. Son père me reçut avec les marques de la plus sincère affection ; sa jeune sœur, âgée de dix-huit ans, ne démentit point non plus le bienveillant accueil que je rencontrais dans cette maison, elle voulait bien ne pas s'apercevoir de mon manque d'usage, de mes ma-ladresses, ou bien si elle le remarquait, c'était pour les relever avec une délicatesse et une bonté qui mettaient mon amour-propre à l'abri ; toujours un mot aimable, un grâcieux sourire accompagnaient chacune de ses ob-servations !.... La ravissante personne !.... sans sou-cis, gentille, spirituelle, bien élevée, remplie de ta-lents !.... Oh ! maudit soit le jour où, pour la pre-mière fois, je mis le pied dans Besançon ! C'était à qui se chargerait de mon éducation ; le père me lisait le journal, me faisant un cours de politique, enchanté de trouver chez moi une docilité et une patience qui laissaient le champ libre à son éloquence et à sa passion favorite. Amélie me formait à l'usage et à l'étiquette; mon ami cherchait à inculquer dans mon cœur l'amour des arts; l'un reformait mon langage, celui-ci ma toilette, celui-là ma manière de voir! André ici, André là; je ne savais auquel entendre, et cependant chaque jour amenait un progrès. Quelquefois, après une journée aussi fatigante, agitée, le cerveau brûlant, ne pouvant dormir, je résumais dans ma mémoire tout le passé.... mon départ de la ferme.... mon séjour auprès de mon père.... mon voyage d'Italie.... tant d'autres événements.... enfin ma situation présente.... Singulière chose que la vie.... Tant de changements dans un laps de temps si rapproché!.... Quel sujet fécond, si je savais écrire...! Et ces pensées diverses me suivaient dans le sommeil, auquel je cédais malgré moi.

Cette existence dura un an; mais enfin, il faut tout vous dire, quoique grossier, j'avais cependant un cœur qui n'était pas insensible, et le malheur voulut qu'il s'éprit d'Amélie. Je sentais ma position, la distance qui nous séparait, et je devenais honteux de moi-même; luttant de toutes mes forces pour réprimer un amour qui ne pouvait être partagé, le ridicule, le dédain, voilà ce que je redoutais le plus. Combien je portais envie à ces jeunes gens que je voyais dans l'atelier de mon ami. Aimables, fins, spirituels, badinant avec une grâce enchanteresse; j'étais doublement mal-à-l'aise, d'un côté sans confiance en moi-même et dans mon mérite, si faible en comparaison de celui bien réel qui m'entourait; de l'autre continuellement aux prises avec une passion que je ne pouvais plus maîtriser. Monsieur, me fit observer André, vous trouverez sans doute plaisant de me voir, malgré mes cheveux gris, tenir un langage d'amour et mettre en avant des idées et des regrets que vous ne comprendrez peut-être pas et qui vous feront sourire.... Je pourrais vous dire plus, pourtant.... Vous auriez même peine à me croire.... Eh bien ! il m'arrive souvent de penser à cette femme adorée, avec la même ardeur qu'il y a douze ans ! Souvent, des idées de jalousie, de désespoir, me mettent au supplice, moi qui, avec les apparences d'un homme raisonnable, devrais traiter de futilité un sentiment qui n'est plus de mon âge ; partout je trouve des allusions.... Et ne vous souvient-il plus de ces larmes que vous me vîtes verser au théâtre ?

Les mœurs d'aujourd'hui diffèrent de celles d'autrefois ; j'étais l'homme de la nature, prenant au sérieux chacune des sensations qu'elle faisait naître en moi. C'est un point d'honneur pour la jeunesse actuelle de rire des affections ; il est rare maintenant qu'une femme inspire de ces passions profondes et durables qui s'offraient assez fréquemment jadis. L'amour n'est plus qu'un passe-temps.... un amusement.

Sans espoir de jamais posséder Amélie, mon amour pour elle dégénérait en délire ; ses moindres attentions auprès d'un autre, me portaient ombrage. Depuis que je l'aimais, chose singulière, j'interprétais défavorablement jusqu'à sa bonté, qui pourtant ne s'était jamais démentie, m'imaginant que la pitié.... la générosité.... et non son cœur, avaient dicté sa conduite.

J'étais à ses yeux un homme bien peu redoutable ·

aussi, usait-elle avec moi de familiarités dont les con
séquences, du reste, ne l'effrayaient guère.

C'est une position bien pénible, je vous jure, de
sentir, de ne pouvoir s'exprimer, et de passer pour ce
qu'on n'est pas; j'aimais et je suis bien convaincu qu'on
ne m'en supposait pas susceptible.

Découragé, irritable, encore une fois le calme m'avait
fui; mon ami s'en était aperçu, car il me disait quelquefois : « André, vous souffrez, vous pensez trop, que
voulez-vous, laissons là le passé, vous n'y pouvez rien ;
que vous manque-t-il ? N'avez-vous pas trouvé une famille ? avez-vous à vous plaindre de mon père ? de
moi ?... de ma sœur ?... Sa sœur ! il ne se figurait point
tout le mal que ce mot réveillait en moi ; je n'osais pas
m'ouvrir à lui, craignant qu'il n'entrât en colère, en
voyant un homme de rien élever ses vues jusqu'à sa
sœur, et méconnaître ainsi les droits de l'hospitalité.
Tourments bien grands, bien réels, qu'une souffrance
plus forte encore surpassait pourtant ; car, à l'âge d'Amélie, à cet âge où la jeune fille, privée de sa mère, devient un sujet continuel de soucis pour son père, le sien
devait sans doute accepter avec empressement le premier parti convenable qui se présenterait.

Il fallait donc me résoudre à la voir passer dans les
bras d'un autre, sans avoir eu seulement la triste consolation de l'informer que je l'aimais ; cette pensée me
poursuivait sans cesse.

C'est dans de pareilles dispositions d'esprit que mon
ami me dit un matin : André, vous savez que voici
l'époque de mes vacances ; je vais étudier en Suisse

cette année; depuis un an, vous êtes enfermé à la ville, vous avez besoin d'air, j'espère bien que vous m'accompagnerez?

Je ne pouvais refuser, et dans le fait, je fondais quelqu'espérance sur ce voyage pour faire diversion à mes maux.

Nous partîmes pour la Suisse, et je puis dire que je voyageais d'une manière utile; mon ami m'avait engagé à me munir d'un petit album, destiné à recevoir ce qu'il appelait mes notes et mes impressions de voyage. Nous visitâmes les glaciers des Alpes, la Chute du Rhin, près de Schaffouse, la cascade de Staubach, près du lac de Thun. Mon Dieu! Mon Dieu! me disais-je quelquefois, si la pauvre maman Bouchon pouvait se figurer que son André.... est si loin.... qu'il voit tant de choses!.... si les anciens, enfin.... qu'ils seraient émerveillés de m'entendre leur raconter tout cela.

Un peu de fierté s'emparait de moi, car je me voyais un savant au milieu de mes compagnons d'autrefois; mais mon triomphe était de courte durée; l'image d'Amélie m'apparaissait bientôt et avec elle mon ignorance et mon peu de mérite, et je finissais par maudire le ciel qui m'avait partagé d'une manière si ingrate!....

Je possède toujours un petit album, sur lequel figure, dessiné par mon ami, l'ermitage taillé dans le roc par un seul homme et son domestique, dans l'espace de vingt-cinq ans, et que nous rencontrâmes près de Fribourg; je mangeai, à Gruyères même, de ce fromage dont la réputation est européenne; nous nous arrêtames à Altorf, la patrie de Guillaume-Tell, pour y visiter la fontaine qui indique l'endroit où le père abattit une pomme placée sur la tête de son fils; nous parcourûmes aussi le Valais, habité par les Crétins, la plupart sourds, muets, idiots et porteurs de goîtres qui leur pendent jusqu'à la ceinture; nous fimes l'ascension du mont Saint-Bernard, et nous nous reposâmes au couvent hospitalier qui est situé au sommet.

Tous ces détails vous ennuient sans doute; c'est plus fort que moi; je ne puis, sans émotion, me rappeler ces lieux, à chacun desquels se rattache une pensée pour Amélie; et chez M. Julien, mon plus grand bonheur était de rencontrer quelqu'un avec qui je pusse m'entretenir de l'Italie ou de la Suisse, qui me laissent parfois de bien penibles souvenirs!....

Ma tristesse devenait si profonde, qu'un soir, fu mant tranquillement assis sur les bords du lac de Genéve, mon compagnon me parla en ces termes: — André, depuis notre départ de Besançon, je vous trouve d'une humeur affreuse qui, loin de se dissiper, ne fait que s'accroître; vous me cachez quelque chose, ce n'est pas bien: cependant, vous le savez, j'ai toujours agi avec vous comme avec un frère; d'où vient donc aujourd'hui ce manque de confiance qui me blesse? vous souffrez, sans m'initier à vos chagrins; si nous étions à Besançon, je députerais auprés de vous ma sœur qui avait le talent de vous consoler, bien plus heureuse que moi sous ce rapport.

Oui, Monsieur, reprit mon narrateur; on eût dit que cet homme se faisait un secret plaisir de me parler à chaque instant de sa sœur..... pourtant il ignorait qu'elle seule causait tous mes maux.

Devant une telle instance, je ne pus tenir davantage, et je lui dévoilai tout.

— Je ne suis point un homme dissimulé; je désirais vous faire un aveu depuis longtemps déjà ; mais j'en redoutais les conséquences, craignant que l'aveu fait, notre amitié ne s'en ressentît.

— Comment! comment! c'est donc bien sérieux ?

— Vous plaisantez toujours ; mais me promettez-vous d'avance l'indulgence, la discrétion?.... et...

— Sans doute, reprit brusquement mon ami.

— Apprenez donc alors que j'aime éperdument votre sœur, bien que je ne l'aie pas laissé remarquer, car je comprends qu'entre nous deux existe une barrière insurmontable, que jamais elle ne consentirait à m'accepter pour époux; que je suis condamné à l'aimer en silence, sans espoir. Tel est le sujet de cette tristesse qui ne vous a pas échappé. Tranquilisez-vous, du reste, je suis décidé à quitter Besançon, pour chasser de mon cœur, s'il en est temps encore, un amour qu'elle ne peut partager. Je recommencerai ma vie errante d'autrefois : né malheureux, je mourrai de même.

Mon ami, vous le pensez, ne s'attendait guère à une confidence de ce genre; mes paroles le surpri-

rent étrangement , et il sembla réfléchir quelques instants.

André, m'objecta t-il enfin , de quelle barrière me
parlez-vous? N'êtes-vous pas honnête homme? n'avez-
vous pas plus de fortune que ma sœur? n'êtes-vous
pas mon ami? celui de la maison? de tous ceux qui
vous connaissent?

— Je sais toutes ces choses, je sais aussi que je
suis orphelin, sans esprit, sans éducation, qu'enfin
je ne puis être le mari d'Amélie; ne la ferais-je pas
rougir à chaque instant par mes maladresses? je ne
suis pas à son niveau.

— Avant de vous désespérer, voulez-vous que je
parle à mon père, à Amélie elle-même? Qui sait?
vous connaissez son bon cœur, vous n'ignorez pas
qu'elle est sans morgue, sans prétention.... Si je fais
cette démarche, André, c'est que je vous estime,
c'est que je suis certain d'avance que ma sœur serait
heureuse avec vous; l'instruction, l'usage ne sont
rien en comparaison des qualités du cœur; tel qui
se croit bien certain de plaire, plaît souvent moins
que tel autre qui, se méfiant de son mérite, se tient
modestement à l'écart.... Allons donc, mon ami,
reprenez courage, continuons gaîment notre chemin.
Espérance!.... Sans elle, que serait la vie? ne nous
relève-t-elle pas au moment où nous sommes le plus
abattus? ne verse-t-elle pas un baume consolateur
dans notre cœur énervé?.... Rappelez-vous ce que
je vous disais souvent, pendant notre voyage d'Italie: « Que je voudrais contribuer à votre bonheur....

Ce n'étaient point des paroles banales et sans effet;
vous pourrez juger, puisque l'occasion se présente,
si je m'emploierai pous vous.

Que se passa-t il en moi, quand j'entendis mon
ami tenir ce langage?.... J'aurais peine à le définir; plus j'y réfléchissais cependant, et plus je trouvais mon succès extraordinaire, moins j'osais m'abandonner à la joie; mon caractère est ainsi fait, que
je me méfie ordinairement d'un événement heureux
qui me survient; je gâte toujours le présent par des
craintes plus ou moins fondées au sujet de l'avenir;
l'expérience m'avait appris que le bonheur est difficile à saisir, et qu'il est d'ailleurs de bien courte
durée!.... Malgré d'aussi belles paroles, je repous-
sais moi-même la séduisante pensée de posséder Amélie, de crainte d'être ensuite trop déçu, dans le cas très
admissible où le père et la sœur ne partageraient pas
les idées du frère. Cette inspiration était bien sage,
mais on eût dit qu'une fatalité poursuivait mon
ami.

— Eh bien! André, et cette tristesse? elle ne dé-
logera donc pas, décidément: vous m'avez entendu,
cependant, que désirez-vous de plus? je ne puis pas
vous promettre positivement; encore une fois patience, nous reviendrons à Besançon.

C'est avec de semblabes paroles (et puis je vous l'ai dit
déjà, cet homme exerçait sur moi un empire moral considérable) qu'il parvint à vaincre ma timidité et à me
donner une confiance telle, que je roulais déjà mille
projets dans ma tête; je devais acheter une petite
propriété dans un certain pays... où, chaque été,

mon ami passerait la belle saison avec mon beau-
père!..... L'homme n'est heureux que quand il bâ-
tit des châteaux en Espagne; car ne me parlez pas
de la réalisation. Combien y en a-t-il qui réussissent?
Le hasard n'est-il pas le seul maître, cent fois plus
habile et plus puissant que nos calculs les plus pro-
fonds et les mieux combinés, qu'un souffle, qu'une
jalousie détruisent..... je ne savais pas bien encore
jusqu'où nous peuvent entraîner les illusions; je par-
lais à cœur ouvert, sans réticence, sans arrière-pen-
sée; ma tristesse s'envolait et je rattrapais le temps
perdu, en causant de Besançon et d'Amélie, à chaque instant du jour. Son père fut à même d'appré-
cier la force d'une passion qui, par le développement
qu'elle donnait à mes facultés, faisait de moi un homme à peine reconnaissable.

Le jour tant désiré arriva; car que nous soyons
heureux ou malheureux, le temps marche toujours.
Nous descendîmes de diligence, et j'arrivai, bien ému,
dans cette maison, où mon imagination brûlante m'a
vait ramené tant de fois depuis deux mois. Amélie
était encore embellie; sa vue m'impressionna. Quoiqu'absent, mes conversations intimes avec le frère,
et l'image de la sœur, toujours présente à mon esprit,
avaient singulièrement augmenté l'attachement que j'a-
vais emporté en la quittant; la distance entre nous
deux n'était plus aussi grande à mes yeux, et je me
sentais comme un espèce de droit sur sa personne.

L'heure de se retirer vint; mon ami me conduisit
jusqu'à la porte, en me disant : — Je comprends votre
impatience; demain matin, sans plus tarder, je parlerai

à mon père.... Quelle nuit je passai! malgré la fatigue dont j'étais épuisé, je ne pus sommeiller; j'attendis à peine le jour pour me lever, croyant de cette manière arriver plus promptement à l'heure convenable pour me présenter à l'atelier. J'arrive; le cœur me battait bien fort; mon ami déballait ses études en présence de ses amis. — Je n'ai eu ni le temps, ni l'occasion ce matin, me dit-il mystérieusement à l'oreille, mais... demain !.... Trois jours s'écoulèrent ainsi sans que j'obtinsse de réponse, le quatrième, de grand matin, j'étais encore au lit, on sonne à ma porte; j'ouvre.... c'était mon ami, mais pâle, mais triste.... je le vois encore, lui toujours si gai, si ouvert.

— Qu'y a-t-il donc?

— Mon pauvre André!

— Vous m'effrayez, parlez ?...

Il s'assit.

— Ecoutez, mais sans m'interrompre. Ne méritez-vous pas, André, que je vous retire cette amitié sincère, cet intérêt inaltérable que je vous portais.... car répondez-moi, suis-je un homme assez sévère ou assez faible, pour ne pas plaindre un malheureux, ou bien pour le faire repentir d'avoir cédé à un besoin d'épanchement facile à concevoir; depuis que vous vivez au milieu des artistes, n'avez-vous pas appris à les juger? ne savez-vous pas, enfin, que le monde ne les traite d'*exaltés* et d'*originaux*, que parce qu'ils ont l'âme noble, indépendante, qu'ils refusent trop souvent de se soumettre à la règle commune, au préjugé ?... Ce secret que vous m'aviez caché, il m'a été bien pénible de l'apprendre de la bouche d'un autre !!

— Oh ! m'écriai-je en pâlissant, vous sauriez tout ?

— Oui, André, tout....

— Alors, pardonnez-moi, je vous en prie, car, mon bon ami, je n'ai jamais trouvé le courage de vous révéler d'aussi tristes particularités.

— La *timidité seule*, vous a-t-elle retenu, André ?

— Je vous le jure devant Dieu, repris-je aussitôt

— Trêve donc de reproches, aussi bien n'est-ce pas dans mon caractère d'en adresser : remarquez seulement, mon pauvre ami, que dans notre siècle, qu'on ne cesse de vanter pour ses progrès, sa civilisation, les hommes sont encore ce qu'ils ont été.... ce qu'ils seront toujours.... un véritable troupeau de moutons... ils suivent, sans chercher à s'en rendre compte, une certaine routine d'opinions, parce qu'on la suivait avant eux, parce qu'on la suit autour d'eux.... beaucoup intérieurement ne sont pas bien certains d'être équitables, ils ne sauraient affirmer qu'ils ne condamnent pas ce qui au fond est juste ; mais le courage leur manque pour réfléchir, pour prendre le bon parti ;.... on redoute le sourire moqueur d'un voisin, la persécution à laquelle on s'imposerait en cherchant à s'affranchir d'un joug.... avec ce système, chacun souffre du préjugé, et bien qu'il comprenne le ridicule d'une pareille tyrannie, il demeure le très-humble serviteur de l'habitude ; ni vous, ni moi, ni d'autres, ne changerons cet ordre de choses ; non jamais, s'écria le

peintre , qui s'animait de plus en plus ; je sais, continua-t-il, que vous êtes le fils d'un bourreau et je ne vous
en estime pas moins ; n'avez-vous pas encore les qualités
qui ont fait que je vous ai remarqué, que je vous ai
chéri ! mais peut-être n'ajouterez-vous plus de prix à
mon amitié actuellement qu'elle ne saurait vous être
utile auprès de mon père.... de ma sœur... car leur
faire partager ma manière de voir est une chose impossible ; bien plus, je dois franchise habituelle, et c'est
avec douleur que j'obéis, je lui dois de vous déclarer
que mon père vous interdit l'entrée de sa maison...
qu'il m'a formellement ordonné de ne plus vous voir...
quant à ce dernier ordre, de ma vie je ne l'exécuterai
jamais ; le Christ releva la Madeleine, et l'homme ne
saurait pardonner à son semblable ! oh ! indignité,
indignité ! s'écria mon ami au paroxisme de l'exaltation.

Telles sont les dernières paroles que cet ami rare m'a-
dressa avec cette chaleur d'un grand cœur irrité de ne
pouvoir triompher d'une majorité injuste mais toute
puissante.

Comprenant sans doute combien notre position respective était délicate et pénible, il me serra la main,
puis, s'essuyant le front avec son foulard, il ajouta :
tantôt je reviendrai vous voir.

J'étais anéanti ; je le laissai partir sans lui adresser
une seule parole d'affection ou de gratitude ; mes larmes, mon trouble, une poignée de main convulsive
durent lui apprendre toutefois que je n'étais pas un ingrat, ni un être insensible.

Il était bien pour quelque chose dans le malheur qui

m'accablait ; sans ses continuelles exhortations, ses rai
sonnements subtils, sa confiance aveugle en une chose
impossible, jamais je n'aurais osé me bercer d'un si fol
espoir ; Dieu m'est témoin du reste que je rends hom-
mage à ses loyales intentions !

Il pouvait être huit heures du matin quand j'appris
cette nouvelle ; à trois heures mes malles étaient faites,
mes intérêts réglés, et je partais pour Paris, sans but ;
je fuyais seulement, sans avoir pris congé de personne,
une atmosphère qui m'étouffait.

Cet événement me replongea dans mon ancienne lan-
gueur ; je me laissai d'autant plus abattre, que personne
n'était à mes côtés pour me remonter le moral. Je vins
m'établir rue de Charenton, chez un marchand de fer-
railles dont je fis la connaissance en diligence, il était
l'ami de M. Julien dont je devins le pensionnaire. La
société que je rencontrai à la Coupe-d'Or me plaisait
d'ailleurs ; je trouvais chez mes commensaux une certaine analogie avec mes compagnons d'autrefois.

En me fixant à Paris, je n'avais eu d'autre intention que de me remettre de la dernière secousse que j'a-
vais éprouvée, et de prendre le temps d'aviser *à une
manière de vivre définitive* ; le temps et l'habitude
m'ont en quelque sorte fait prendre racine ici, où je
jouis, depuis douze ans de la tranquillité à défaut du
bonheur ; aussi, tout porte-t-il à croire, que je n'irai pas
à quarante-quatre ans m'exposer à un nouveau changement, pour rencontrer plus mal peut-être ; enfin que
je mourrai pensionnaire de *la Coupe d'Or*, où j'ai eu
l'honneur de faire votre connaissance.

Il était tard quand *André* termina ce récit et nous nous séparâmes.

.   .   .   .

.   .   .   .

.   .   .   .

Dès qu'il fut parti , je me pris à réfléchir sur son compte ; me rappelant l'époque ou je ne le connaissais encore que sous le titre de *misanthrope au castor blanc.*

A quelques jours de là, il revint me voir.

J'ai bien songé à vous, mon ami, lui dis-je dès qu'il fut entré, depuis notre dernière entrevue.... à votre récit, à vos chagrins: si vous saviez les projets que j'ai formés dans votre intérêt ?

— Lesquels donc ? reprit-il, visiblement étonné.

— Je me disais donc : ce pauvre M. André est seul au monde; sans épouse, sans enfants, sans parents ; à son âge les années se succèdent avec une rapidité qui va toujours croissant.... on doit en pareil cas songer à l'avenir ; or, cette petite Marianne de la *Coupe-d'Or*, à qui vous servez en quelque sorte de père, pour qui vous éprouvez tant d'attachement, ne pourriez-vous pas....

— L'épouser, n'est-ce pas ? répliqua en riant M. Bouchon !

— Non, non, rassurez-vous, mon cher ami ; conservez vos mélancoliques regrets, au sujet du mariage... mais ne pourriez-vous pas la marier à ce jeune ouvrier, à qui certain jour, s'il vous en souvient, vous disiez :

« Adolphe, laissez donc Marianne faire son service....
Madame Julien cherche depuis longtemps, comme vous
savez, à vendre son fonds; l'occasion est propice ; ache-
tez-le ; constituez-le en dot à votre protégée ; l'argent
n'est rien par lui-même; l'usage seul qu'on en peut
faire le rend précieux ; vous ferez là un placement avan-
tageux ; il vous rapportera en fait d'intérêts : une occupation, la haute surveillance de la maison, une famille,
deux enfants qui vous chériront, qui vous soigneront
à l'égal d'un père ; enfin la conscience d'une bonne
action, et la satisfaction d'avoir tiré du monde, dont
vous fûtes repoussé, une noble vengeance qui sera en
même temps une amère satyre de la conduite des hommes en général......

— Voilà qui n'est déjà pas si mal combiné, répondit
André, mais encore faut-il prendre le temps de la
réflexion.

— Ah ! assurément.

Quinze jours après cet entretien, André revenait chez
moi.

— J'ai réfléchi, me dit-il, et je suis décidé à réaliser
votre projet, aidez-moi donc à conclure cette affaire
sans retard.

— Dans le commerce, lui fis-je observer, on est
exposé aux revers ; dans la vie on rencontre quelquefois
de l'ingratitude ; agissons donc en personnes prudentes,
prenons nos mesures afin que, quoiqu'il arrive, vous
n'ayez jamais à vous repentir de votre générosité.

Nous arrangeâmes tout pour le mieux.

. . . .

. . . .

On lit aujourd'hui au-dessus de la petite maison peinte en rouge, du Boulevart Beaumarchais:

A LA COUPE-D'OR.

Avec ces mots fraichement peints :

Adolphe MAIRE, successeur de Julien , prend des pensionnaires.

C'est le premier mariage dont je me suis mêlé, par circonstance, mais je m'en applaudis ; chaque jour je m'estime heureux d'avoir fait le bonheur de tant de personnes, par un conseil que chacun comme moi aurait pu donner.

Je vais voir mon bon André de temps à autre ; nous dinons en tête-à-tête ; et tout en vidant une bouteille de Chablis ou de Beaune, nous causons du passé , d'Amélie, de Besançon , de l'Italie, de la Suisse.

La petite mariée est charmante : aux petits soins pour *papa Bouchon* ; remplie de tendresse pour l'heureux Adolphe, dont elle rafolle toujours, enfin pleine d'affection pour moi ; ces excellents jeunes gens ne savent quels moyens employer pour me témoigner leur reconnaissance.

———

La diligence à ce moment venait de déboucher sur la place Lafayette ; nous étions dans la patrie de Clémence Isaure ; notre trajet s'était accompli comme un rêve.

Mon compagnon ne restait pas à Toulouse d'où il devait repartir le soir ; nous nous serrâmes la main en signe d'adieu sur la place du Capitole, puis il me dit :

— Puissiez-vous, Monsieur, avoir pris quelque intérêt à mon récit, et me le prouver en allant diner *à la Coupe-d'Or* ; d'une part vous y verrez notre héros, de l'autre vous encouragerez un couple intéressant, qui, par son activité, sa bonne conduite, ses efforts, mérite, de réussir.

Je n'ai jamais depuis, dans le cours de mes voyages, rencontré mon aimable conteur, mais je ne désespère pas, s'il est encore de ce monde, de le retrouver dans quelque wagon de chemin de fer, ou sur quelque bateau à vapeur.

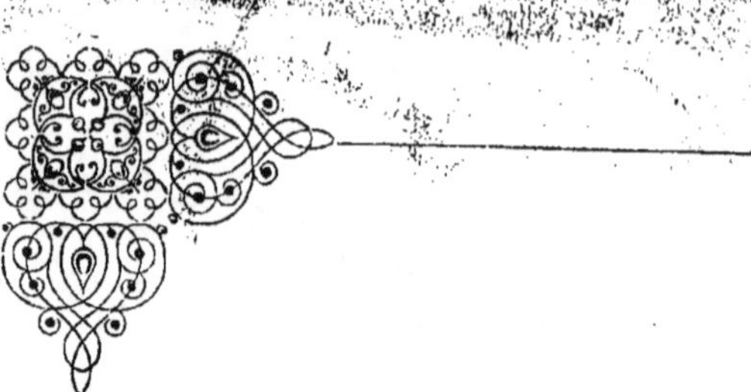

DU MÊME AUTEUR,

Chez Dumoulin, libraire à Paris, quai des Augustins, 13.

CHRONIQUES DE LA CHAPELLE-LA-REINE, Fontainebleau, 1852, br. in-8°, 1 fr. 50 c.

RECHERCHES HISTORIQUES, BIOGRAPHIQUES ET LITTÉRAIRES, sur le peintre *Lantara*, avec la liste de ses ouvrages, son portrait et une lettre apologétique de M. Couder, peintre d'histoire, membre de l'Institut. Paris, 1852, in-8° fig. 3 fr.

SOUS PRESSE :

HISTOIRE ARCHÉOLOGIQUE DE LARCHANT.